GOLDMANN
Lesen erleben

Buch

Nadine ist Mitte zwanzig und vor einigen Jahren aus der Provinz nach Berlin gezogen. Was sie dort entdeckte, waren neben aufregenden Nachtclubs und Privatpartys vor allem ihre Sexualität und der Wunsch, sich von gesellschaftlichen Normen zu befreien. Mit einer harten und kompromisslosen Sprache schreibt sie über ihr Leben, über Sexting, neue Beziehungsmodelle und sexuelle Vorlieben, die viele Menschen in ihrem Alter erleben, aus Angst vor den Reaktionen anderer aber nie offen zugeben würden.

Autorin

Nadine Kroll, geboren 1990, studiert Kunstgeschichte in Berlin. Mit 19 Jahren zog sie aus der schwäbischen Provinz in die Hauptstadt und konnte zum ersten Mal ihre Sexualität ausleben. In Blog-Artikeln ließ sie neugierige Leser 2013 erstmals an ihren Erlebnissen teilhaben und legt nun mit ihrem Buch umfassend und ungeschminkt Zeugnis von den hellen und den dunklen Seiten ihres Lebens ab.

Nadine Kroll

Stellungswechsel

Meine ungeschminkten Erfahrungen mit Sex und Liebe

GOLDMANN

Alle Ratschläge und Praktiken in diesem Buch basieren auf den Erfahrungen der Autorin. Jeder Leser ist für die Umsetzung selbst verantwortlich. Eine Garantie kann nicht übernommen werden. Eine Haftung der Autorin beziehungsweise des Verlags und seiner Beauftragten für Personen-, Sach- und Vermögensschäden ist daher ausgeschlossen.

Sollte diese Publikation Links auf Webseiten Dritter enthalten, so übernehmen wir für deren Inhalte keine Haftung, da wir uns diese nicht zu eigen machen, sondern lediglich auf deren Stand zum Zeitpunkt der Erstveröffentlichung verweisen.

MIX
Papier aus verantwortungsvollen Quellen
FSC® C014496
FSC www.fsc.org

Verlagsgruppe Random House FSC® N001967

Dieses Buch ist auch als E-Book erhältlich.

1. Auflage
Originalausgabe Februar 2018
Wilhelm Goldmann, München,
in der Verlagsgruppe Random House GmbH,
Neumarkter Str. 28, 81673 München
Umschlag: Uno Werbeagentur, München
Umschlagmotiv: FinePic®, München
Redaktion: Martin Gierczak
Satz: Satzwerk Huber, Germering
Druck und Bindung: GGP Media GmbH, Pößneck
Printed in Germany
JE · Herstellung: cb
ISBN 978-3-442-17641-0
www.goldmann-verlag.de

Besuchen Sie den Goldmann Verlag im Netz:

Für Unangepasste.

Inhaltsverzeichnis

Meine Girlgang ist wichtiger als alle Schwänze dieser Welt

Ich bin unter Jungs aufgewachsen. Mir wird oft gesagt, dass man das merkt. Wieso, das weiß ich selbst nicht so genau. Ich vermute mal, dass es daran liegt, dass mir einige Attribute, die man für »typisch weiblich« hält, einfach fehlen. Oder aber daran, dass ich gewisse Eigenschaften mitbringe, die als »nicht sonderlich mädchenhaft« angesehen werden. Ich kann zum Beispiel lauter rülpsen als jeder Typ, dem ich bisher begegnet bin, massenhaft Bier trinken, ohne umzufallen, sowie laut und rüpelhaft sexistische Witze erzählen und Prügeleien mit den Männern anfangen, die darüber lachen.

Als ich jünger war, war ich verdammt stolz darauf, sagen zu können, dass ich mich mit Mädchen nicht verstehe und lieber mit Jungs abhänge. In meinen Augen machte mich das ziemlich einzigartig, und die Jungs, mit denen ich mich umgab, waren begeistert, dass ich kein »typisches Mädchen« war, das sich gerne die Nägel lackierte, shoppen ging und mit ihren Freundinnen über Jungs sprach.

Ich verbrachte meine ganze Jugend fast ausschließlich mit Jungs, hing mit ihnen nachmittags im Skatepark meiner kleinen Heimatstadt rum, stand am Wochenende total besoffen und grölend mit ihnen im Fußballstadion, lernte, wie man Joints baut, schaute meinen ersten richtigen Porno mit ihnen und war Schiedsrichterin beim obligatorischen Kekswichsen, weil ich damals noch nicht wusste, wie man als Frau abspritzt. Ich konnte mir absolut nicht vorstellen, »eine von denen« zu sein, also hielt ich mich an meiner Jungsclique fest – bis ich Sophia traf.

Mit Sophia änderte sich schlagartig alles. Ich lernte sie im Physikunterricht kennen. Wir schrieben uns zuerst Nachrichten auf den Tischen. Nachdem eine fleißige Putzkolonne unsere Gespräche mit viel Scheuermittel von den alten Holzbänken entfernt hatte, wichen wir später auf immer größer und länger werdende Zettel aus, die wir für die jeweils andere an einer geheimen Stelle im Physiksaal versteckten. Ich hatte absolut keine Ahnung, dass es auch Mädchen wie sie gibt. Auch für sie war es ein Schock, dass ich keinen Penis, dafür aber zwei recht ansehnliche Brüste hatte, als wir uns nach wochenlangem schriftlichem Austausch zum ersten Mal an der Tischtennisplatte auf dem Schulhof trafen, um mal richtig miteinander zu reden.

Sophia war genau wie ich. Eher burschikos, doch sich ihrer Wirkung als Frau bewusst. Nachdem wir den ersten Schockmoment überwunden hatten, war klar, dass wir Freundinnen sein würden.

Von dem Tag an der Tischtennisplatte auf dem Schulhof an waren wir unzertrennlich. Wir gingen gemeinsam mit den Jungs zum Skatepark, zündeten uns gegenseitig die Joints an und rissen einen sexistischen Witz nach dem anderen. Wenn einer der Jungs darüber lachte, drohten wir ihm Prügel an.

Am Wochenende gingen wir gemeinsam in der schäbigen Dorfdisko auf Männerjagd, und wenn die eine ein gutes Ziel erblickt hatte, ließ sie die andere an den Freigetränken, die das mit sich brachte, teilhaben. Ich hatte eine Verbündete gefunden, ohne nach ihr gesucht zu haben.

Durch Sophia eröffnete sich mir allerdings zusätzlich eine ganz andere Welt, nämlich eine, in der Frauen voll okay waren und in der es normal war, auch »weibliche Themen« zu behandeln. Bis sie in mein Leben kam, war mir überhaupt nicht klar gewesen, dass mir bisher eine Frau gefehlt hatte. Eine Frau, mit der ich übers Menstruieren sprechen konnte, über Intimrasur und über BHs – Dinge eben, von denen Jungs im pubertierenden Alter nichts wissen wollen.

Nach und nach stießen immer weitere Mädchen zu unserer Clique. Sie waren alle etwas anders, eben einfach mehr so wie wir, und wir alle hatten gemeinsam, dass wir nicht gut mit anderen Mädchen konnten. Aber zusammen entwickelten wir uns zu einem unschlagbaren Team, das auf dem Schulhof gleichermaßen geehrt und gefürchtet und von Jungs allen Alters begehrt wurde. Nur, dass Jungs uns plötzlich gar nicht mehr so interessierten wie zuvor, denn wir hatten ja uns. Und wir haben endlich erkannt, dass nicht alle Mädchen gleich doof sind, sondern richtig cool sein können, wenn man sich nur von den eigenen Vorurteilen frei macht und sich auf sie einlässt. Wir waren eine Girlgang, wie sie im Buche steht.

Unsere Mädchenclique von damals trifft sich immer noch alle zwei Jahre, um an die gute alte Zeit zu denken und die neusten persönlichen Geschichten auszutauschen. Obwohl wir uns alle in sehr unterschiedliche Richtungen entwickelt haben, sind wir einander immer noch wichtig. Jede von uns hat mittlerweile eine neue Girlgang gefunden, mit der sie ihre Freizeit verbringt, und wir sind uns mittlerweile alle darin einig, dass Freundinnen wichtiger sind als jeder Schwanz auf dieser Welt. Uns wurde klar, dass unsere Anti-Haltung gegenüber anderen Frauen nicht cool, sondern lediglich sexistischer Quatsch war, der dem Frauenbild, wie es uns vermittelt wurde, entsprach – und eben nicht dem, wie es wirklich ist.

Über die Jahre habe ich begriffen, dass meine frühere Verachtung für andere Frauen etwas war, das nicht aus mir selbst kam, sondern etwas, das aus der Gesellschaft auf mich einwirkte. Die Rollen für Mann und Frau waren genauestens vorgegeben, und die Frau kam dabei immer schlechter weg. Ich wollte allerdings nicht schlecht sein und hab mich deswegen an die Jungs gehalten, weil ich in ihnen Vorbilder sah. Sie waren eben auch diejenigen, die von Lehrern, Eltern oder auch Wildfremden mehr Anerkennung bekamen als wir Mädchen – ohne was dafür zu tun. Und so hab ich mich, ohne es zu wissen, schon ganz früh gegen mein eigenes Geschlecht gestellt, weil ich cool sein wollte.

Heute weiß ich, dass meine »Ich bin anders als die anderen Frauen!«-Attitüde völlig uncool war. Der anerzogene Hass von Frauen auf Frauen ist wohl eine der schlimmsten Sachen, die dem weiblichen Geschlecht, das sich sowieso schon immer gegen Männer behaupten muss, passieren kann. Und spätestens seit Beyoncé in die Welt gebrüllt hat, dass Mädchen die Welt regieren, sollte allen klar sein, dass echte Girlgangs wirklich rocken.

Mein erstes Mal war nicht schlecht, aber langweilig

Als ich das erste Mal mit einem Jungen Sex hatte – und damit meine ich das klassische Penis-in-Vagina-Spiel –, war ich 15 Jahre alt. Es passierte an einem sturmfreien Wochenende auf der Couch meiner Eltern unter erheblichem Alkoholeinfluss. Das Einzige, was mir davon in dauerhafter Erinnerung blieb, war, wie ich am nächsten Tag drei Stunden damit beschäftigt war, einen riesigen gelblich-weißen Spermafleck von dem hellbeigen Wildledersofa zu rubbeln. Wir hatten nämlich kein Kondom benutzt, und dass Sperma nach dem Vaginalverkehr zu 99,99 Prozent wieder herausläuft, statt sich den Weg ins Innere der Frau zu bahnen, hatte mir bis dato eben auch keiner gesagt.

Vermutlich würde man an dieser Stelle erwarten, dass ich dieses »lebensverändernde Ereignis« sofort im Anschluss mit meinen besten Freundinnen, die zum größten Teil ihr erstes Mal auch bereits hinter sich hatten, geteilt hätte. Dass ich ihnen jedes kleine Detail über meinen ersten »richtigen Sex« erzählt hätte. Wie zum Beispiel, dass wir stundenlang geknutscht haben, bevor es zur Sache ging, und wie es sich anfühlte, zum ersten Mal einen Schwanz in der Hand zu haben. Hab ich aber nicht. Ich empfand mein erstes Mal als so nichtssagend, dass ich es lieber verschwieg und weiterhin die Jungfrau spielte. In meinem Kopf hatte ich das perfekte erste Mal bereits geplant, und es hatte nicht einmal annähernd etwas mit dem zu tun, was an besagtem Wochenende auf der Couch meiner Eltern passiert war. Der Typ war nicht einmal ein Freund von mir gewesen, sondern lediglich eine flüchtige Bekanntschaft, die unter dem Vorwand, einen Schlafplatz zu benötigen, nach einer Party mit zu mir gekommen war.

Viel weiß ich vom eigentlichen Sex nicht mehr, außer der Sache mit dem Spermafleck und dass der Fernseher lief, während ich zum ersten Mal von einem Schwanz penetriert wurde, und dass es MTV gewesen sein muss, auf dem zu diesem Zeitpunkt bereits längst keine Musik mehr gespielt wurde, sondern eine dieser nervigen Reality-Shows, bei denen es eigentlich auch immer nur um Titten und viel Sex ging.

Was genau Sex war, wusste ich eigentlich nur dank dieser Sendungen und der BRAVO. Meine Eltern hatten mich nie aufgeklärt, denn über Sex zu reden war ihnen unangenehm, und auch der Sexualkundeunterricht in der Schule war eher beschämend als hilfreich gewesen. Statt zu lernen, wie man ein Kondom benutzt oder dass es so etwas wie Geschlechtskrankheiten abseits von HIV gibt, sammelten wir an der Tafel Begriffe, die man statt »ficken« sagen konnte, und malten Eierstockvordrucke mit Buntstiften aus, die uns irgendetwas über den weiblichen Zyklus vermitteln sollten – was genau, weiß ich bis heute nicht. Alles, was ich gelernt hatte, war, dass man vom Küssen nicht schwanger werden konnte, vom Petting aber schon, und dass Sex Spaß macht. Die Paare in den Filmen sahen zumindest immer so aus, als hätten sie viel Freude an ihren Spielchen gehabt. Deshalb war ich umso enttäuschter, dass mein erstes Mal nicht damit geendet hatte, dass mein Entjungferer und ich glücklich keuchend auf der Couch liegen blieben, sondern damit, dass ich direkt im Anschluss in die Küche gerannt war, um mir seinen herauslaufenden Saft mit Taschentüchern von den Oberschenkeln zu wischen, während er sich wieder anzog und dem Fernsehprogramm widmete.

Die Sache mit dem Sperma – und vor allem die Fleckenbeseitigung danach – war aber auch schon das Aufregendste, das ich über mein erstes Mal berichten kann. Bis auf dieses Erlebnis war es tatsächlich einfach langweilig. Ich glaube, ich hätte es cooler gefunden, wenn es wenigstens ein bisschen wehgetan hätte, aber wenn ich mich in meinem Freundeskreis so umhöre, ist das mit den Schmerzen beim ersten Sex auch so eine Sache, die man jungen Mädchen nur erzählt, damit sie Angst davor haben und möglichst lange keusch bleiben.

Man könnte meinen, ich hätte danach erst mal genug vom Sex gehabt, doch genau das – also dass mein erstes Mal so langweilig war – war es, was mein Interesse an Sex erst so richtig weckte. Ich war nie eine sonderlich fleißige Schülerin gewesen, doch übers Ficken wollte ich alles wissen. Vor allen Dingen wollte ich wissen, wie ich richtig gut im Bett werde, denn mein erster Sexualpartner schien auch nicht so viel Spaß an der Sache gehabt zu haben, wie ich mir erhofft hatte.

Ich fing also an zu recherchieren, sammelte Sextipps aus sämtlichen Jugend- und Frauenzeitschriften zusammen, die mir erklärten, wie ich es einem Mann so richtig geil besorgen konnte, schnitt sie fein säuberlich aus und klebte sie in ein Ringbuch, das ich wie im Film »American Pie« »Die Bibel« taufte und nach dem Abitur feierlich verbrannte, statt es, wie ursprünglich geplant, in der Schulbibliothek zwischen Mann und Hesse für die Generationen nach mir zu verstecken. Ich habe darüber gelernt, mir beim Sex zu nehmen, was ich will, statt nur zu tun, was dem Mann gefällt.

Meine Freundinnen von damals denken, glaube ich, bis heute, ich hätte meine Unschuld ganz romantisch während eines Spanienurlaubs am Strand verloren. Vielleicht hat aber eine von ihnen mittlerweile selbst die Erfahrung von einer ordentlichen Portion Sand in der Muschi gemacht und den anderen erzählt, dass das alles nur erfunden war. Dem Typen, der mich entjungfert hatte, begegnete ich noch ein paarmal auf Partys – doch wir sprachen nie wieder ein Wort miteinander. Vermutlich fand er unseren Sex genauso nichtssagend wie ich.

Mein erstes Mal mit einer Frau

Mein zweites erstes Mal war mein erstes Mal mit einer Frau. Und ich nenne es bewusst mein erstes Mal, weil offenbar viele Menschen noch heute der Auffassung sind, dass ein »richtiges erstes Mal« nur über Penetration definiert ist, sei es nun mit einem Penis oder einem Strap-on, also einem Dildo zum Umschnallen. Spoiler: Dem ist nicht so. Generell ist Sex für mich nicht über Penetration, sondern über den Akt an sich bestimmt. Das kann vom Lecken über Fingern über Anpissen bis hin zu dem einfachen Beobachten anderer Menschen beim Geschlechtsakt alles sein.

Bevor ich das erste Mal Sex mit einer Frau hatte, hatte ich natürlich schon diverse Erfahrungen mit ihnen gesammelt. Übers Rumknutschen, Fummeln unter dem BH und über dem Höschen ging es jedoch nie hinaus. Im Nachhinein würde ich das als bloßes Ausprobieren bezeichnen. Ich wusste zu diesem Zeitpunkt noch nicht, ob ich auf Männer oder Frauen stehe. Oder besser gesagt, ob ich einen Schwanz einer Muschi vorziehe oder andersrum. Ich wollte einfach schauen, was so geht. Natürlich war in mir noch immer der Wille vorhanden, beim Sex so gut wie möglich zu werden, nachdem mein erstes Mal mit einem Mann ja eher nicht so spannend abgelaufen war.

Das Mädchen, mit dem ich mein erstes Mal hatte, hieß Anne und war genauso alt wie ich. Sie war zwar auch noch Jungfrau, aber sich im Gegensatz zu mir sehr sicher, dass sie auf Frauen stand. Ich glaube, das war auch ganz gut so, sonst wäre unser Sex mit Sicherheit katastrophal ausgegangen.

Anne und ich kannten uns flüchtig aus der Schule. Sie ging in meine Parallelklasse und hatte, statt wie ich Französisch, Latein als zweite Fremdsprache gewählt. Außer einem flüchtigen »Hallo« auf dem Gang hatten wir allerdings noch nie miteinander gesprochen. Erst auf einer Klassenfahrt, bei der die gesamte Stufe zum Wandern in ein Schullandheim irgendwo im Bayerischen Wald fuhr, kamen wir uns näher. Genauer gesagt: Beim »Herzblatt« spielen. »Herzblatt« ist diese Fernsehsendung, bei der ein Kandidat aus drei anderen Kandidaten, die hinter einer Trennwand versteckt waren, seine Traumfrau oder ihren Traummann auswählen konnte, nachdem die drei Teilnehmer hinter der Wand ausführlich zu ihrem Liebesleben und zu ihren Hobbys befragt wurden. Anne wählte aus ihren drei Kandidaten, die durch ein provisorisch an der Decke befestigtes Bettlaken von ihr getrennt waren, mich. Ich schätze mal, die Entscheidung war von Anfang an klar, da die beiden anderen Teilnehmer hinter der Trennwand Männer waren, doch gefreut hab ich mich trotzdem, dass ich gegen genau diese punkten konnte.

Vor dem jubelnden Publikum, das aus unseren Jahrgangskollegen bestand, umarmten wir uns schüchtern und verließen die Bühne in unterschiedlichen Richtungen. Erst etwa eine Stunde später, als schon das ein oder andere (von den Lehrern verbotene) Bier geflossen war, kam Anne noch einmal auf mich zu und gestand mir, dass sie mich wirklich gut fand, und das auch schon länger. Während der Rest des Jahrgangs mittlerweile mit Flaschendrehen beschäftigt war, machten wir uns aus dem Staub und verschwanden in dem Zimmer, das Anne sich mit fünf weiteren Mädchen aus ihrer Klasse teilte, die aber alle noch am Feiern waren.

Es begann ganz zaghaft mit ein paar verschüchterten Küssen, doch ich hatte schließlich schon mal Sex gehabt und wollte nun unbedingt wissen, wie es mit ihr war. Also beschleunigte ich das Tempo relativ zügig, zog sie aus, widmete mich intensiv ihren kleinen, aber festen Brüsten mit den runden, hellen Nippeln und wanderte dann hinunter zwischen ihre Beine.

Obwohl ich bereits wusste, wie meine eigene Muschi schmeckt, war es doch etwas völlig anderes, plötzlich ihren Geschmack auf meiner Zunge zu haben. Ich konnte in diesem Moment auch gar nicht beurteilen, ob ich das gut oder schlecht fand, sah aber, dass es ihr Lust bereitete, und leckte sie also weiter. Als ich merkte, wie sie immer feuchter und geiler wurde, fing ich an, meine Finger mit ins Spiel zu bringen. Ich schob erst einen und dann zwei in ihre glattrasierte Muschi und stieß in immer schneller werdenden Bewegungen zu. Irgendwann war ich so auf meine Finger konzentriert, dass ich unbewusst aufgehört haben muss, Anne zu lecken, und auch gar nicht mehr darauf achtete, ob ihr das, was ich tat, eigentlich wirklich gefiel. Ich behandelte ihren Körper, wie die Jungs, mit denen ich geschlafen hatte, meinen behandelt haben. Also eher so, als hätte ich es mit einem rohen Stück Fleisch zu tun statt mit einer empfindlichen Vagina. Richtig dumm eigentlich, weil ich doch wusste, dass genau das mich selbst nie angemacht hat. Zu meinem Glück war Anne mutig genug, irgendwann einzugreifen, statt es einfach, wie ich das immer getan hatte, über sich ergehen zu lassen. Sie hat es zwar nicht offen gesagt, aber ihr »Das reicht, jetzt bist du dran!«, sprach in dem Moment schon Bände.

Ich muss ganz neidlos anerkennen, dass Anne ihre Sache besser machte als ich. Vielleicht aus dem Grund, dass sie im Gegensatz zu mir noch nie Sex mit einem Mann hatte. Zwar schaffte auch sie es nicht, mich zum Orgasmus zu bringen, doch machte ihr die Sache deutlich Spaß – und ich hatte meine wahre Freude daran, ihren blonden Schopf dabei zu beobachten, wie er zwischen meinen Beinen abtauchte und ihre Augen immer mal wieder zu mir nach oben wanderten.

Leider wurden wir relativ bald, nachdem sie angefangen hatte, sich meiner Muschi zu widmen, von wildem Gelächter auf dem Flur unterbrochen. Wir schafften es gerade noch so, uns wieder anzuziehen, die Haare halbwegs zu richten und uns auf getrennte Betten zu setzen, bevor ihre Zimmergenossinnen hereinstürmten.

Ich verabschiedete mich relativ schnell, nachdem ihre Mitbewohnerinnen zu uns gestoßen waren. Anne und ich gingen uns den Rest der Klassenfahrt mehr oder weniger aus dem Weg. Ich glaube, wir wussten beide nicht so recht, was wir von unserem Fick halten sollten, waren aber auch zu unsicher, im Nachhinein miteinander darüber zu sprechen. Ich wusste nur, dass meine Lust auf Muschis jetzt tatsächlich erst so richtig geweckt war. Der Sex mit ihr war zwar nicht unbedingt besser als der, den ich mit Männern bisher gehabt hatte, aber zumindest anders. Ich wollte mehr davon – und bekam es schließlich auch.

Lesbische Liebe auf dem Schulhof

Nach der Erfahrung, die ich mit Anne während unserer Klassenfahrt gemacht hatte, war mir klar, dass Frauen für mich mehr sind als nur gute Freundinnen. Dass ausgerechnet meine erste Liebe allerdings zu einem riesigen Skandal an meiner Schule führen würde, nun, das hatte so wohl niemand ahnen können.

Miriam und ich waren seit etwa zwei Jahren miteinander befreundet. Sie war im Jahrgang über mir und die Person, die wirklich alles von mir wusste – von den kleinsten Dummheiten, die ich je gemacht hatte, bis hin zu meinen dunkelsten Gedanken. Natürlich hatte ich ihr von meiner Zeit mit Sophia und meinem Erlebnis mit Anne erzählt – und auch davon, wie schön ich es fand, einer Frau so nah zu sein. Ich vertraute ihr an, dass ich mir vorstellen könnte, eine richtige Beziehung zu einem Mädchen zu führen. Auch wenn ich zu diesem Zeitpunkt noch überhaupt keine Ahnung hatte, wie eine feste Partnerschaft überhaupt ablief. Meine ersten Erfahrungen in Sachen Sex waren viel zu flüchtig gewesen, als dass man sie auch nur annähernd in die Kategorie »Beziehung« hätte stecken können. »Für mich wäre es total denkbar, mit einer Frau zusammen zu sein«, sagte Miriam mir mal. Wieso auch nicht? Wir waren uns inzwischen ziemlich einig darüber, dass Mädchen generell cooler waren als die meisten Jungs in unserem Alter, die sich entweder nur für

Nerd-Kram wie Computerspiele oder aber tiefergelegte Autos mit Unterbodenbeleuchtung und möglichst viel PS interessierten. Vermutlich galten damals gewisse Regeln, wie man sich zu verhalten und welche Hobbys man zu haben hatte, wenn man entweder dem einen oder dem anderen Geschlecht angehörte. Uns jedenfalls langweilten diese Typen auf gewisse Art und Weise, weshalb wir uns sowieso fast nur noch mit anderen Girls abgaben.

Rumgeknutscht hatten Miriam und ich schon häufiger. Man macht das ja irgendwie auch so, küssen üben mit der besten Freundin. Seit ich mich vor ihr aber »geoutet« hatte (und sie vor mir), wurde das zwischen uns beiden intensiver. Wenn wir uns nachmittags bei einer von uns zum »Hausaufgaben machen« trafen – was im Prinzip nichts Anderes bedeutete, als dass uns wir den ganzen Nachmittag lang Trash-Sendungen im TV ansahen –, kuschelten wir immer häufiger auch miteinander und ließen unsere Hände gegenseitig unsere Körper erkunden. Zwar ohne »richtig« miteinander zu schlafen, aber eben doch mehr, als es gute Freundinnen normalerweise tun.

Da wir auf dieselbe Schule gingen, verbrachten wir auch alle Pausen miteinander. Für uns war es nichts Ungewöhnliches, auch dort Zärtlichkeiten auszutauschen, indem wir uns gegenseitig umarmten und zur Begrüßung oder Verabschiedung auf den Mund küssten. Es ist etwas, das Freundinnen einfach tun, ohne sich darüber Gedanken zu machen. Erst, als uns die anderen Mädchen aus unserer Clique darauf ansprachen, stellten wir fest, dass wir tatsächlich häufiger Händchen hielten als bisher und dass unser Umgang miteinander sich für alle sichtbar von freundschaftlich zu »total ineinander verschossen« weiterentwickelt hatte. Ich glaube, unsere Freundinnen merkten, dass sich eine Beziehung zwischen uns anbahnte, noch bevor Miriam und ich es wahrhaben wollten.

Eigentlich lief die ganze Sache ziemlich unspektakulär weiter. Miriam und ich waren zusammen. Es gab kein großes Gespräch, das in Liebesschwüren endete. Wir waren einfach ein Paar, und nachdem wir uns das eingestanden hatten, ging es weiter wie bisher. Wir hielten weiterhin in der großen Pause Händchen, trafen uns nachmittags zum »Hausaufgabenmachen« und fingen an, miteinander zu schlafen. Ich wusste, dass ich in Miriam verliebt war und sie in mich. Es war romantisch, aufregend und schön. Eine ganz normale erste Liebe, so wie ich sie mir immer vorgestellt hatte. Dass Miriam kein Junge war, war für mich nie von Bedeutung. Vielleicht war ich damals einfach ziemlich dumm, aber dass es irgendwie doch ungewöhnlich war, wenn zwei Mädchen miteinander eine Beziehung führten, kam mir schlicht und ergreifend nicht in den Sinn. Warum auch? Wenn die Jungs sich lautstark darüber ausließen, wie geil doch Lesbenpornos seien, war das schließlich auch kein großes Ding.

Dass Miriam und ich nun richtig miteinander ausgingen, hatte sich schnell herumgesprochen. So richtig ein Geheimnis war es ja nie gewesen, an die große Glocke gehängt hatte es allerdings auch keine von uns. Immerhin war es an unserer Schule gang und gäbe, dass sich Pärchen fanden und auch wieder trennten. Vereinzelte Tuscheleien gab es eigentlich immer, wenn bekannt wurde, dass zwei Mitschüler etwas miteinander hatten. Unsere Beziehung jedoch war schon nach wenigen Tagen Gesprächsthema Nummer 1 – und brachte sowohl mir als auch Miriam den ersten »blauen Brief« unseres Lebens ein.

Der Vorwurf lautete »Unangebrachtes Verhalten auf dem Schulgelände«. Das war so weit erst einmal nichts sonderlich Außergewöhnliches, immerhin hatten wir bereits so oft trotz Rauchverbots Zigaretten auf dem Pausenhof gequalmt, dass irgendwie klar war, dass auch uns früher oder später mal ein Brief erreichen würde, den Hunderte Schüler vor uns auch erhalten hatten. Deshalb machte sich auch keine von uns Sorgen darüber, am nächsten Tag beim Direktor persönlich vorsprechen zu müssen. Man bekam einen kleinen Vortrag über die Hausordnung zu hören, musste versprechen, sich in Zukunft an die Regeln, die an dieser Schule galten, zu halten, und durfte nach der sogenannten »mündlichen Verwarnung« wieder gehen.

Was uns dann allerdings wirklich erwartete, klingt aus heutiger Sicht fast ein bisschen so, als hätte ich mir das nur ausgedacht. Es ist aber wirklich genau so passiert. Der Direktor teilte uns mit, es lägen einige Beschwerden von Eltern und Lehrern vor, die sich darüber Sorgen machten, dass wir mit unserem »unangebrachten Verhalten« andere Schüler negativ beeinflussen könnten. Was wir zu Hause im Privaten täten, ginge niemanden etwas an, doch würde man uns bitten, unsere »Angelegenheit« zukünftig nicht mehr in der Öffentlichkeit des Schulgebäudes auszutragen. Es dauerte eine ganze Weile, bis bei uns der Groschen fiel: Es ging überhaupt nicht darum, dass wir auf dem Schulhof für alle sichtbar gequalmt hatten, sondern um unsere Beziehung! Wir waren ernsthaft zum Direktor zitiert worden, weil sich eine Gruppe Leute daran störte, dass zwei Frauen kein Geheimnis aus ihrer Zuneigung zueinander machten – dabei knutschten ständig irgendwelche Hetero-Pärchen für alle sichtbar auf dem Pausenhof rum, und zumindest Gerüchte besagten, dass es nicht nur dabei blieb, sondern während Freistunden ganz gerne auch mal leerstehende Räume genutzt wurden, um eine schnelle Nummer dort zu schieben. Man hatte wohl auch schon mal ein Lehrerpaar während der Schulzeit in einer eindeutigen Position erwischt, aber dafür gab es außer dem berühmten Hörensagen natürlich keine Beweise. Und selbst wenn, wäre das mit Sicherheit nicht so schlimm gewesen, wie ein offen lesbisches Paar an der Schule zu haben, das andere Kinder eventuell zu homosexuellen Aktivitäten verleiten könnte!

Im ersten Moment waren wir beide sprachlos. Homophobie war bis zu diesem Zeitpunkt ein Wort für uns gewesen, das uns durchaus geläufig war, von dem wir uns aber nicht vorstellen konnten, dass diese Einstellung tatsächlich existierte. Liebe war Liebe, und dass es tatsächlich nicht okay war, als Frau eine andere Frau zu lieben, oder als Mann einen Mann, hatte uns bis dato nie jemand gesagt. Als wir im Büro des Schulleiters saßen und uns anhörten, dass man »solches Verhalten« hier nicht dulden würde, begriff ich zum ersten Mal, dass es so etwas wie Hass auf gleichgeschlechtliche Paare wirklich gab, auch wenn sich mir der Sinn dahinter nicht erschloss. Mathe scheiße finden? Ja! Nazis? Sowieso. Aber Homosexualität? Come on!

Miriam und ich versuchten sogar noch, uns zu erklären, unsere Beziehung zu rechtfertigen und dem Direktor darzulegen, dass wir keinesfalls etwas getan hatten, das andere Schüler zur Verletzung irgendwelcher schulischen Regeln animieren könnte, stellten aber ganz schnell fest, dass wir machtlos waren. Das Lehrerkollegium und die Elternvertretung hatten gesprochen, und so war es uns von nun an verboten, in der großen Pause Händchen zu halten oder uns auf den Fluren zu küssen.

Die ganze Sache verursachte einen ziemlich großen Knick in der Beziehung zwischen Miriam und mir. Ich fühlte mich eines großen Stücks meiner Persönlichkeit beraubt, als ich das, was ich fühlte, nicht mehr unbeschwert ausleben konnte. Bei Miriam wurden Zweifel laut, dass »lesbisch sein« vielleicht doch nicht das Richtige für sie sei und sie mit einem Typen an ihrer Seite doch irgendwie besser dran wäre als mit mir.

Etwa sechs Wochen nach der großen Ansprache trennten wir uns. Somit kann man wohl sagen, dass die homophobe

Einstellung meiner Schule daran schuld war, dass meine erste Liebe zerbrach. Das ist etwas, worüber ich bis heute wirklich wütend bin – auch wenn das mit Miriam und mir vermutlich eh nicht bis in alle Ewigkeit gehalten hätte, weil wir noch viel zu jung waren für so was wie »die große Liebe«.

Sex and the Kleinstadt

Sex und Kleinstädte sind so eine Sache. Einerseits treibt es hier jeder mit jedem, andererseits redet man nur hinter vorgehaltener Hand darüber. Selbstverständlich spricht auch niemand über sein eigenes Sexleben, sondern handelt nur das der anderen ab. Über das Thema Ficken wird grundsätzlich nur mit einem negativen Unterton gesprochen. Es geht um (nicht ganz so) heimliche Affären von gelangweilten Hausfrauen, darum, wessen Mann angeblich beim Verlassen eines Puffs gesichtet wurde und welches Mädchen sich selbst zur sogenannten »Dorfmatratze« gemacht hat, weil sie es gewagt hat, ein Top zu tragen, das ihren Bauchnabel nicht vollständig bedeckte. Früher hab ich mir bei diesem ganzen Gerede einfach nichts gedacht, aber mit der Trennung von Miriam – und allem, was dieser vorausging – änderte sich etwas an meiner Wahrnehmung. Mir wurde zum ersten Mal so richtig bewusst, dass Sexualität in der Provinz etwas Verpöntes war. Vor allem, wenn man eine junge Frau war, die auch noch Spaß an der ganzen Sache hatte.

Wenn ich heute daran zurückdenke, stelle ich fest, dass ich aufgrund der Art und Weise, wie mit der weiblichen Sexualität und allem, was dazugehört, umgegangen wird, schon ziemlich früh einige Schwierigkeiten mit meinem eigenen Körper entwickelte.

Eine meiner prägendsten Erinnerungen aus meiner Heimatstadt stammt aus der Zeit, in der im Biologieunterricht Sexualkunde auf dem Lehrplan stand. Als nämlich das Thema Menstruation an der Reihe war, befanden das sämtliche Jungs aus meiner Klasse für »absolut ekelhaft«, und der Lehrer ließ ihnen diese Äußerungen einfach so durchgehen, ohne ihnen auch nur einmal zu sagen, dass es vollkommen natürlich und keinesfalls widerlich ist, dass Muschis eben einmal im Monat bluteten.

Als junges Mädchen hatte ich aufgrund solcher Kommentare so große Probleme mit meiner eigenen Menstruation, dass ich lieber nach Hause gefahren bin, als mir von einer Mitschülerin einen Tampon zu leihen, wenn ich unerwartet meine Tage bekam – und da bin ich sicherlich nicht die Einzige. Andere Mädchen versteckten ihre Tampons und Binden klammheimlich, aber sorgfältig in ihren Socken, bevor sie zur Toilette gingen. Hatte einer der pubertierenden Jungs erst mal herausgefunden, dass man blutete, war man für mindestens eine Woche das Gespött der ganzen Schule. Ich kann mich nicht daran erinnern, dass über Samenergüsse jemals so abwertend gesprochen wurde wie über monatliche Blutungen. Irgendwie war es ganz »normal«, dass Abspritzen etwas Cooles war, das einen zu einem ultrakrassen Typen machte, wohingegen es bereits ausreichte, überhaupt einen Zyklus zu haben, um in der gesamten Schule als notgeile Schlampe zu gelten.

Es dauerte eine ganze Weile, bis ich offen zu meiner Menstruation stehen konnte. Sowohl zu der Tatsache, dass ich sie habe, als auch zu der, dass sie eben nicht glitzrig-blau ist und nach »Frische« riecht wie in der Werbung, sondern schmodderig-rotbraun mit dem Geruch von Eisen. Nachdem ich diesen Punkt endlich für mich erreicht hatte, vergingen auch endlich die Probleme, vor anderen offen zu sagen, dass ich meine Tage hatte, statt zu behaupten, ich würde mich einfach »unwohl« fühlen oder hätte »Bauchschmerzen«.

Von meiner eigenen Unsicherheit befreit hat mich diesbezüglich ein Mädchen aus meiner Klasse, das während einer Klausur um die Erlaubnis bat, auf die Toilette zu dürfen, und, nachdem der Lehrer das verneint hatte, durch den ganzen Raum rief: »ICH MUSS AUF'S KLO, ICH LAUF GERADE AUS!«

Eier aus Stahl, die Frau.

Der Lehrer lief nach dieser Aussage in der Farbe an, die ihre Unterhose vermutlich zu diesem Zeitpunkt bereits hatte, und ließ sie gehen. Von da an lachte zumindest in diesem Kurs kein Junge mehr, wenn ein Mädchen seine Tage hatte.

Nichtsdestotrotz fühlte ich mich in der Kleinstadt irgendwie zunehmend gehemmt, was meine Sexualität betraf. Mit meinen Eltern konnte ich nämlich auch nie über Sex sprechen. Alles, was ich tat, war mehr oder weniger heimlich. Inklusive der Beziehung zu Miriam. Das lag nicht etwa daran, dass sie eine Frau war, sondern lediglich an dem Umstand, dass man in meiner Familie nicht über Themen wie Sexualität oder Beziehungen sprach. Meine Eltern hatten mit mir nie »The Talk« a.k.a. das Aufklärungsgespräch geführt, das zwar allen unangenehm ist, nach dem man dann aber weiß, was es mit Sex auf sich hat. Alles, was ich über Liebe wusste, habe ich, wie schon gesagt, aus der Bravo gelernt. Oder weil ich es mir früher oder später selbst beigebracht habe.

Ich weiß noch, dass es zu meiner Schulzeit sehr beliebt war, zu anderen Kindern »Du bist frigide!« zu sagen, wenn man sie beleidigen wollte. Als ich meine Tante fragte, was es denn bedeutet, »frigide« zu sein, antwortete sie mir schlicht und ergreifend, dass das ein böses Wort sei, das man nicht sagen darf. So viel hatte ich mir im zarten Alter von etwa acht Jahren dann auch schon zusammenreimen können! Inzwischen weiß ich, dass »Frigidität« nichts anderes bedeutet, als keine Lust auf Sex zu haben, womit es als Beleidigung in etwa so viel taugt wie das Wort »schwul«. Kann man schon so benutzen, aber dann outet man sich leider direkt als das größte Arschloch von allen. Inzwischen finde ich die Reaktion meiner Tante weitaus schlimmer, als dass ich in der Grundschule von anderen Kindern »frigide« genannt wurde. Ich bin mir ziemlich sicher, dass die anderen Kinder keine Ahnung hatten, was das Wort bedeutete. Aber dass meine Tante sich damals nicht die Zeit nahm, mir wenigstens kurz zu erklären, dass »frigide« sein nichts Schlimmes ist, für das man sich schämen müsse, nehme ich ihr heute noch ein kleines bisschen übel. Aber so ist das eben in der Kleinstadt. Sexuelle Scham wird dir praktisch schon anerzogen, bevor du das erste Mal das Wort »ficken« gehört hast, geschweige denn weißt, was das eigentlich ist. Also Geschlechtsverkehr.

Nach und nach ging mir auf, dass ich hier niemals glücklich werden würde. Ich will nicht sagen, dass ich anders war als die anderen Kinder aus meiner Kleinstadt, wobei meine Eltern und Lehrer diese Aussage vermutlich unterstrichen hätten. Mir war eben schon relativ früh klar, dass ich niemals zu dem Menschen werden könnte, der ich sein wollte, wenn ich nach dem Abitur wie so viele andere einfach hierbleiben und eine Ausbildung zur Bankfachangestellten machen würde. Wonach ich suchte, waren Individualität und Freiheit, Offenheit und allem voran Selbstbestimmtheit. Und, naja, Sex natürlich auch. Ich wollte in einer Welt leben, in der es für Jungs und Mädchen gleichermaßen okay war, mit ihrer Sexualität zu experimentieren, die verschiedensten Sachen auszuprobieren und vor allen Dingen auch ganz offen übers Ficken und alles, was damit zu tun hat, reden zu können, ohne verurteilt zu werden. Deshalb musste ich nach dem Abitur sofort raus aus der Provinz, hinein in die große Welt, in der das alles möglich war.

Von einer, die auszog, um die Großstadt zu entdecken

Wenn ich ehrlich bin, dann war Berlin nicht meine erste Wahl, was die Großstadt, in der ich leben wollte, betraf. Sondern London, dicht gefolgt von Paris. Da mir aber klar war, dass ich weder in der einen noch in der anderen ausländischen Stadt jemals einen Studienplatz bekommen würde, blieb als Fluchtmöglichkeit nur die deutsche Hauptstadt übrig. Inzwischen bin ich froh, dass ich nicht in London, sondern in Berlin gelandet bin, auch wenn gerade die ersten Wochen härter waren als erwartet.

Ich verpisste mich sofort nach meinem Abitur aus der Provinz, noch bevor ich mein Abschlusszeugnis in den Händen hatte. Meine Eltern rechneten damit, dass ich noch vor Ende des Jahres wieder vor ihrer Tür stehen und um Asyl bitten würde, aber ich war mir sicher, dass ich Berlin schon meistern würde. Und so zog ich in die Hauptstadt. Ohne Studienplatz, ohne Job, ohne überhaupt ein WG-Zimmer zu haben, in dem ich unterkommen würde. Mein Plan war, vorübergehend auf das gute alte Couchsurfing zu vertrauen, bis ich etwas Richtiges gefunden hatte. So sparte ich mir auch gleich die Miete, die ich eh nicht hätte zahlen können. Wie ich sonst über die Runden kommen würde, war mir vollkommen egal. Hauptsache, ich musste nicht länger in diesem dreckigen Kaff in Baden-Württemberg versauern.

Den Moment, in dem ich in Berlin ankam, werde ich wohl nie vergessen, obwohl er für sich betrachtet eher weniger spektakulär war. Ich stieg am Hauptbahnhof aus dem Zug und blieb dort erst einmal für zehn Minuten stehen, um die Atmosphäre zu genießen. Obwohl das hier nicht London war, fühlte ich mich angekommen. Auch als ich noch nicht mal einen festen Wohnsitz hatte, wusste ich, dass das hier mein Zuhause ist. Der Ort, an dem ich einfach nur ich selbst sein konnte.

Ich zündete mir eine Zigarette an und versuchte, mir einen Überblick über die Lage zu verschaffen. Die erste Station auf meiner Liste hieß Berlin-Wedding. Dort sollte ich bei Lydia übernachten, der Freundin einer Freundin einer Freundin, die sich kurzfristig bereit erklärt hatte, mir für ein paar Tage Unterschlupf zu gewähren. Von diesem Ortsteil hatte ich noch nie etwas gehört. Ich kannte nur Mitte, Kreuzberg und das berühmt-berüchtigte Neukölln. Und natürlich den Bahnhof Zoo, von dem ich meiner Mutter hatte versprechen müssen, dass ich ihn niemals betreten würde, obwohl ich mir bereits jetzt sehr sicher war, dass es da längst nicht mehr so zuging wie zu der Zeit, als Christiane F. noch eine Teenagerin war. Wedding? Sagte mir nichts. Aber ich fand, dass es äußerst glamourös klang.

Ich zog mir eine Fahrkarte aus dem nächstgelegenen Automaten und machte mich auf den Weg zu der Bushaltestelle, die mich zu Lydia führen sollte. Es dauerte ungefähr 20 Minuten, bis ich die richtige gefunden hatte. Irgendwie war hier alles furchtbar unübersichtlich, und fragen konnte man niemanden, denn entweder stieß man auf Touristen, die selbst nicht wussten, wo genau sie hinmüssen, oder man wurde von einem Berliner schroff abgewiesen. Es klingt komisch, aber irgendwie trug diese Unfreundlichkeit dazu bei, dass ich mich heimisch fühlte. Ich fand es schon immer besser, wenn Leute direkt und ehrlich waren, statt eine falsche Freundlichkeit vorzutäuschen. Der Busfahrer, der mich schließlich in den Wedding chauffierte, war genauso drauf.

»Welche Haltestelle ist ...«, fragte ich ihn beim Einsteigen, als er mich unterbrach und mürrisch »Nicht mit dem Fahrer reden, du Pfeifejesicht« sagte.

Unfreundlich, genau deswegen aber auch irgendwie sympathisch.

In dem Stadtteil, in dem ich vorübergehend wohnen sollte, angekommen, stellte ich allerdings schnell fest, dass der Wedding gar nicht so glamourös war, wie der Name vermuten ließ. Es war eben eine stinknormale Stadt mit stinknormalen Häusern und stinknormalen Menschen auf der Straße. Die vielzitierten Hipster ließen sich nicht blicken. Dafür aber Menschen aller Nationalitäten, die dennoch wie eine homogene Masse wirkten. So etwas wäre in meiner Heimat undenkbar gewesen. Dort frönte man noch gerne dem Rassismus, und das nicht einmal unterschwellig, sondern ziemlich offen. Es wäre übertrieben zu sagen, dass mein Herz beim Anblick der Vielfältigkeit in diesem Viertel einen Hüpfer machte, aber dennoch, ein gewisses Glücksgefühl konnte ich nicht von der Hand weisen. Auf dem Weg zu Lydia versuchte ich, so viele verschiedene Eindrücke wie möglich aufzusaugen. Noch keine Stunde in Berlin, aber schon Angst, etwas zu verpassen.

Lydias Wohnung lag in einem Hinterhof, was auch wieder total neu für mich war, denn so etwas wie Hinterhöfe gab es bei uns nicht. Und ich muss ehrlich sagen, dass ich bis heute nicht verstanden habe, wie genau dieses System eigentlich funktioniert und wo man nun klingeln muss, wenn man in welchen Teil von welchem Hinterhaus, oder sogar Hinter-Hinter-Haus, möchte. Ich hab mir aber sagen lassen, dass das nicht nur mir so ginge und auch gebürtige Berliner, vor allem aber Paketboten, ein Problem damit haben, das richtige Haus und die richtige Wohnung zu erwischen.

Als ich es dann endlich ins richtige Haus und in die richtige Etage geschafft hatte, stand Lydia schon grinsend in der Tür und begrüßte mich mit einer Herzlichkeit, die ich von den Menschen in Berlin nicht erwartet hatte. Ich sprach sie darauf an, worauf sie lachte und mir verriet:

»Ich komme gar nicht aus Berlin. Ich komme aus Darmstadt, das ist in Hessen.«

Sie war eine der vielen Zugezogenen, über die man immer wieder Witze hörte. Dabei besteht irgendwie ganz Berlin aus Zugezogenen. Echte Berliner, das stellte ich früh fest, sind tatsächlich eine Seltenheit. Sie bleiben auch lieber unter sich und wollen sich mit den fremden Menschen, die in die Hauptstadt zugezogen sind, nicht abgeben. Überheblichkeit können Berliner ganz gut, egal ob sie nun hier oder anderswo geboren sind, aber irgendwie fand ich auch das ganz nett. Es ist einfach eine andere Art der Überheblichkeit, als ich sie von der Kleinstadt her kenne, und so wirklich böse meint eigentlich niemand was. Berlin wirkt nur schroff.

Da Lydia in den nächsten Tagen mit einer Hausarbeit für die Uni beschäftigt war, drückte sie mir einfach ihren Zweitschlüssel in die Hand und sagte mit einem Lächeln: »Fühl dich wie zuhause!«. Dann gab sie mir noch ein paar Tipps, welche Läden und Cafés ich unbedingt abklappern sollte, und verschwand wieder in ihr Zimmer.

Ich fühlte mich besser, als ich es zuhause jemals getan hatte. Ich konnte kommen und gehen, wann ich wollte. Es war niemand da, der mich zu Dingen zwingen konnte, auf die ich keine Lust hatte. Niemand, der mich dafür verurteilen würde, dass meine Strumpfhose einen Riss hatte, der vom Knie bis zum Oberschenkel ging und durch den man meine blasse Haut sehen konnte, oder dafür, dass ich auf einer Party mit einem Typen knutschte, den ich erst zwei Minuten kannte. Ich war frei.

Die erste Nacht in der großen Stadt

Ich war zwar frei, aber auch relativ planlos, was die Partyszene in Berlin anging. Klar kannte ich das Berghain, und ich wusste auch von der Existenz der »Maria« und des Clubs, der am Alexanderplatz die obersten Stockwerke eines Hochhauses belegte, aber da hörte es dann auch schon auf. Da heute aber meine erste Nacht in dieser Stadt wäre, musste ich feiern gehen. In Berlin konnte man jeden Tag feiern, hatte ich gehört. So also auch an diesem Donnerstag, an dem ich hier angekommen war.

Das Internet verriet mir zu meinem großen Glück sehr schnell, dass es an Donnerstagen tatsächlich eine Party gab, die ganz cool sein sollte und in den Räumlichkeiten eines Sexclubs stattfand. Nur dass dort donnerstags nicht gefickt, sondern zu Rockmusik getanzt wurde. Natürlich war ich Feuer und Flamme. In meiner Heimat ging der Trend eher zu schlechten Coverbands und Möchtegern-Techno, der nicht einmal von richtigen DJs aufgelegt wurde, sondern in einer vorher festgelegten Playlist vom Band kam.

Ich überlegte, ob ich vorher noch eine Runde durch meine neue Heimat drehen sollte, entschied mich aber dazu, die Zeit bis zum Beginn der Party dafür zu nutzen, mich so richtig krass zu schminken und mir ein Outfit herauszusuchen, das ich zu Hause niemals hätte tragen können. Tatsächlich dauerte das so lange, dass mir nur noch Zeit für ein Bier, das ich aus Lydias Kühlschrank klaute, blieb, bevor ich losmusste.

Inzwischen war es 22 Uhr, und selbst jetzt waren noch viele Menschen unterwegs. Obwohl es praktisch noch mitten in der Woche war. Viele von ihnen hatten Alkopops oder andere Getränke dabei, und ich verfluchte mich, dass ich nicht so klug gewesen war, ein Wegbier mitzunehmen. Der Club lag direkt an einem U-Bahnhof und war sehr leicht zu finden. Einfach den Menschen hinterher, die aussahen, als würden sie auf Rockmusik stehen. Und das waren ziemlich viele. Wie sich herausstellte, war die Schlange vor der Diskothek, die übrigens den Namen »Kit Kat Club« trug, locker 200 Meter lang. Nur eine knappe Woche später hatte ich herausgefunden, dass in Berlin eine Schlange von 200 Metern noch gar nichts ist, und dass die Menschen vor dem Berghain manchmal vier Stunden damit verbrachten, sich ganz langsam Richtung Eingang zu bewegen, nur um dort vom Türsteher abgewiesen zu werden.

Während des Wartens kam ich bereits mit den ersten Leuten ins Gespräch, die ich jedoch drinnen sofort wieder verlor. Das war aber nicht weiter schlimm. Ich genoss es sogar, allein zu sein und niemanden zu kennen, an den ich mich halten konnte. So hatte ich mehr Zeit, alles in Ruhe wahrzunehmen. Die Location war der absolute Hammer. Man sah sofort, dass hier an anderen Tagen ordentlich gebumst wurde. Es standen Lederbetten herum, Käfige und sogar ein Behandlungsstuhl, wie man ihn vom Gynäkologen kennt. Zudem gab es mehrere Separees, von der Decke baumelte ein Drache, der echtes Feuer spucken konnte, und im Außenbereich gab es sogar einen Pool, in dem ein paar der Gäste schwammen und sich gegenseitig mit Wasser bespritzten. Auch die Musik war genau nach meinem Geschmack – eine Mischung aus Rock, Metal, Indie und ein bisschen Trashpop.

Als ich gerade an der Bar stand, um mir einen neuen Drink zu holen, sprach mich ein Typ an und wir kamen ins Gespräch. Sein Name war Moritz. Er war wie ich ganz neu in Berlin, erzählte er, und käme ursprünglich aus Österreich. Wir unterhielten uns eine Weile, bis er irgendwann fragte, ob ich Lust hätte, die Sache etwas zu beschleunigen. Ich bejahte, irgendwo würde sich schon ein Platz finden, an dem er und ich ungestört ficken konnten, und irgendwie war ich ja auch ein bisschen wegen genau solcher Abenteuer hier. Moritz zog mich auf eine der Toiletten und schloss die Tür hinter uns ab.

Klosex.

Natürlich.

Als ich mich gerade darüber beschweren wollte, dass es hier auch wesentlich angenehmere Orte gab, an denen wir es treiben könnten, zog er ein Tütchen mit weißem Pulver hervor. »Geschwindigkeit«, sagte er. Das hatte er also mit beschleunigen gemeint. Speed. Ich kannte die Droge, hatte sie aber selbst noch nie genommen. Anmerken ließ ich mir das allerdings nicht. Aus irgendeinem rückblickend nicht nachvollziehbaren Grund war es mir wichtig, dass Moritz mich für cool hielt und glaubte, ich würde das regelmäßig machen. Nachdem er eine Line gezogen hatte, reichte er den kleinen Spiegel, auf dem er das Speed gebrauchsfertig gemacht hatte, zusammen mit einem gerollten 50-Euro-Schein an mich weiter. Ich bat ihn, den Spiegel kurz für mich zu halten, hielt mir das rechte Nasenloch zu und atmete durch das linke mithilfe des Geldscheins das Pulver ein. Es kickte sofort. Ab diesem Augenblick wollte ich nur noch tanzen, tanzen, tanzen. Und das tat ich auch.

Irgendwo zwischen zwei, drei weiteren Lines und fünf, sechs weiteren Drinks muss ich dann einen Filmriss gehabt haben. Ich wachte jedenfalls nicht in Lydias Wohnung auf, sondern bei Moritz. Zumindest lag der neben mir, es war also wahrscheinlich, dass das hier seine Bude war. Mein Kopf dröhnte, mein Bauch rumorte, und meine Füße taten brutal weh. Ich hatte weder Durst noch Hunger, dafür aber einen riesigen blauen Fleck am linken Arm. Woher der stammte, wusste ich nicht. So leise wie möglich, um Moritz nicht zu wecken, stand ich auf und suchte das Bad. Die Wohnung war klein, er hatte also keine Mitbewohner, auf die ich versehentlich treffen konnte. Das war schon mal gut. Im Badezimmer angekommen, verriet mir der Spiegel, dass meine Augen rot und zugeschwollen waren, mein Make-up nur noch halb vorhanden, und außerdem hing etwas Kotze in meinem Haar, von der ich nicht wusste, ob es meine eigene war oder fremde. In dem Moment kam mir tatsächlich etwas Galle hoch, ich schaffte es aber, mich zu beherrschen. Ich hatte die Wahl. Entweder konnte ich jetzt anfangen zu heulen – oder aber mich zusammenreißen, die gröbsten Schäden beseitigen und dann mit erhobenem Haupt zurück zu Lydia fahren. Die Entscheidung fiel auf Letzteres.

Nachdem ich wieder einigermaßen hergestellt war, schlich ich mich zurück zu Moritz ins Zimmer, klaubte meine restlichen Sachen zusammen, zog meine Schuhe an – ausgerechnet welche mit Absatz – und verschwand nach draußen. Zu allem Überfluss war mein Handyakku auch noch leer, ich hatte kein Geld mehr für ein Taxi und musste mich so zurechtfinden. Als Provinzkind in einer riesengroßen Stadt. Glücklicherweise scheint man so etwas wie mich hier gewohnt zu sein, denn die Passanten, die ich ansprach, um herauszufinden, wo ich überhaupt war, reagierten freundlich und wiesen mir den Weg zur nächsten U-Bahn-Haltestelle.

Im Zug zurück zu Lydia musste ich lächeln. Ich hatte es geschafft. Ich hatte die erste Nacht in Berlin überlebt, und da ich mich an kaum etwas erinnern konnte, muss sie extrem gut gewesen sein. Oder auch nicht. In genau diesem Moment war das vollkommen egal. Ich war in Berlin. Das hier war jetzt meine Stadt. Ich hatte meine erste Line gezogen und wahrscheinlich sogar meinen ersten richtigen One-Night-Stand gehabt, auch wenn ich davon nichts mehr wusste. Möglich war's auf jeden Fall. Was ich aber wusste, war, dass dieser ersten Nacht in Berlin viele weitere folgen sollten. Mit Sex. Mit Drogen. Mit allem, was dazugehört.

»Walk of Shame«? More like »Walk of Independence«!

Der Walk of Shame bezeichnet den meist etwas unangenehmen Nachhauseweg von einer fremden Wohnung in die eigene nach einer durchzechten Nacht, in der ordentlich gesoffen und gefickt wurde. Für gewöhnlich stinkt man dabei tierisch, hat Augenringe bis zum Boden und trägt die zerknitterten Klamotten vom Vortag. Jeder Mensch, der einem auf diesem Weg begegnet, weiß sofort, was Sache ist, und bildet sich sein Urteil. Am Anfang war mir das tatsächlich peinlich, in diesem Zustand in der U-Bahn zu sitzen, mit zotteligen Haaren, in denen Bier-, Kotz- und Spermareste hingen, und Mundgeruch, den man bis ins hinterletzte Abteil riechen könnte. Später wurde es mir dann egal. Für viele Frauen ist der »Walk of Shame« eine Schande, für andere eine Strecke, die man mit Stolz entlangschreitet. Ich musste erst lernen, dass ich eine stolze, unabhängige Frau bin, die dazu steht, was sie gemacht hat, und sich nimmt, was sie will vom Leben. *Ich hab gesoffen! Und ich habe gefickt! Ich sehe keinen Grund darin, mich für so etwas zu schämen. Und wie andere mein Aussehen und meinen Geruch empfinden, ist mir nach einer guten Nacht voller Sex, Alkohol und Drogen sowieso herzlich egal.*

»Walk of Shame« ist auch eine unfassbar sexistische Bezeichnung. Sie spricht einem einfach alle Rechte ab, die man als Mensch hat. Vor allem, wenn man eine Frau ist, denn wir sind sowieso permanentem »Slutshaming« ausgesetzt und müssen uns gefühlt vor der ganzen Welt dafür rechtfertigen, dass wir überhaupt Sex haben und es auch noch geil finden. »Walk of Shame« sagt einfach total: Du hast gesündigt, bitte schäme dich und wasche dich zuhause von deiner Schuld rein. Nein. Es ist ein »Walk of Independence«. Und als ich das kapiert hatte, bin ich ihn gerne gegangen. Weil ich eben Spaß am Ficken, Saufen und Feiern habe und mir das auch nicht von irgendwelchen Idioten nehmen lasse, die meinen, das würde sich für ein Mädchen nicht ziemen.

Zudem wird der Begriff, je nachdem, ob jetzt ein Mann oder eine Frau den sogenannten »Walk of Shame« antritt, anders ausgelegt. Wenn du eine Frau bist, bedeutet er, dass du dich ganz grundsätzlich falsch verhalten hast. Bei Männern hingegen wird nicht von einem »Walk of Shame« gesprochen, wenn sie besoffen und nach Bier stinkend von einem One-Night-Stand den Heimweg antreten, sondern anerkennend mit den Augen gezwinkert. Mädchen sollen sich für ihren Alkoholkonsum und ihre ausschweifenden sexuellen Abenteuer schämen. Jungs hingegen nicht. Der Begriff »Walk of Shame« geht also grundsätzlich auf Kosten von Frauen.

Mich nervt nicht nur, wie unterschiedlich gewisse Redewendungen auf Männer und Frauen angewandt werden, sondern vor allem auch, wie unvorsichtig viele Menschen mit ihrer Wortwahl sind. Was für den einen irgendwie witzig ist, kann für den anderen unfassbar verletzend sein. Leider ist das, was für Typen irgendwie witzig und cool ist, für Frauen meistens das Gegenteil. Man nehme nur das Beispiel, in dem ein Mann, der mit einhundert Frauen geschlafen hat, ein toller Hengst ist, eine Frau, die mit einhundert Männern Sex hatte, hingegen eine Schlampe. Aber genau diese Doppelmoral fängt schon bei so harmlos wirkenden Begriffen wie dem »Walk of Shame« an.

Und wie oft ist es schon passiert, dass ich gar nicht vom Feiern oder aus einem fremden Bett kam, sondern von der Arbeit? Ich verdiene mein Geld mit Aushilfsjobs in Bars, und nach einer 8-Stunden-Schicht kann es schon mal vorkommen, dass ich den Nachhauseweg vollkommen zerschlagen und nach Zigarettenqualm stinkend antrete. Generell wird insbesondere Studentinnen sehr schnell unterstellt, sie kämen von einem Walk of Shame, obwohl sie sich die Nächte in Lerngruppen um die Ohren geschlagen haben, damit sie in der Uni Bestleistungen erbringen können. Vorschnelle Verurteilungen können wir ja alle gut. Vielleicht ist es an der Zeit, endlich mit so was aufzuhören. Wir sind unabhängige, erwachsene Menschen. Es ist egal, woher wir kommen, wohin wir gehen und was wir in der Zwischenzeit so anstellen. Solange wir mit uns selbst im Reinen sind, ist alles cool – und daher ist jeder sogenannte Walk of Shame eigentlich ein Walk of Independence.

Die geilsten Ficks sind nach einer durchzechten Nacht

Wann immer ich nach einer wilden Partynacht stark verkatert aus meinem Alkoholkoma erwache, stellen sich mir die gleichen drei Fragen:

1. Was hab ich getrunken?
2. Wie bin ich ins Bett gekommen?
3. Wo krieg ich schnell was zu ficken her?

Während sich Frage 1 und 2 meist nicht mehr konkret beantworten lassen, habe ich bei Frage 3 manchmal Glück, und der Aufriss vom Vortag liegt noch neben mir im Bett. Oder auch daneben. Oder er ist im Flur eingeschlafen, weil er es nach dem Sex, der sich eben dort abspielte (sofern überhaupt welcher stattfand, so genau kann man das ja nach einer durchzechten Nacht nie sagen), nicht mehr bis ins Schlafzimmer geschafft hat.

In einem solchen Moment lobe ich mir den Restalkohol, der dazu führt, dass ich es ohne Weiteres (noch einmal) mit der Person, die da in meinem Flur, unter dem Küchentisch oder neben der Kloschlüssel liegt, treiben kann. Der Mensch, den ich gestern aus dem Club mit nach Hause geschleppt habe, entpuppt sich als zahnloser Meth-Junkie, der ein Porträt seiner Mutter auf den Bauch tätowiert hat. Egal. Die Geilheit siegt. Und außerdem mildert Sex in halbbetrunkenem Zustand den darauffolgenden Kater etwas ab.

Es ist nämlich so: Sex ist das Beste, das man gegen einen Kater machen kann. Und Katersex ist der beste Sex der Welt. Ohne Scheiß: All diese Tipps von wegen Wechselduschen, Rollmops zum Frühstück, Ibuprofen und einer großen Flasche Wasser bewirken einen Scheiß.

Was wirklich gegen Kater hilft, ist ein ordentlicher Fick.

Die Geilheit, die mich überkommt, wenn ich verkatert bin, ist absolut einzigartig. Ich bin zwar jedes Mal verwundert, dass mein Körper damit reagiert, wenn er nebenbei mit starker Übelkeit, nahezu unerträglichen Kopfschmerzen und absoluter Kraftlosigkeit zu kämpfen hat, doch er tut es. Ich mag das. Nicht nur, dass der Sex dann irgendwie anders ist (also geiler, viel versauter als normal), nein, auch meine Orgasmen haben eine ganz andere Qualität, als wenn ich nüchtern mit jemandem schlafe. Es ist ein bisschen so, als würde man in der brennenden Hölle plötzlich Gott begegnen. Wirklich.

Nun kann ich ja wirklich nicht von mir behaupten, ein verklemmter Mensch zu sein, wenn es ums Thema Sex geht. Von den Jungs und Mädchen, mit denen ich so im Bett lande, kann ich das allerdings nicht immer behaupten. Zumindest nicht in nüchternem Zustand. Betrunkener Sex ist aber leider immer schlecht. Auch wenn man sich natürlich gerne einredet, dass man in diesem Zustand besonders hemmungslos und damit auch ziemlich super ist.

Fakt ist aber: Betrunkene sind schlechte Ficker. Verkaterte Menschen dagegen haben die Hemmungslosigkeit eines Betrunkenen, aber die sexuellen Fähigkeiten eines Nüchternen. Besser kann's ja wohl nicht sein! Und so wird das graue

Mäuschen vom Vorabend zu einer Sexbombe, die in Sachen Schweinereien selbst Sasha Grey blass aussehen lässt.

Den besten Katersex hatte ich nach einer durchschwitzen Nacht in einem schäbigen Club in der Nähe meiner Heimatstadt. Mein damaliger Freund und ich hatten alles geschmissen, was wir an illegalen Substanzen finden konnten, und nebenbei noch kräftig getrunken. Als wir gegen 18 Uhr aus unserem Vollrausch erwachten, wussten wir zwar nicht mehr, wie wir nach Hause gekommen waren, waren dafür aber ziemlich geil.

Jeder, der schon mal auf Drogen gefickt hat, weiß, dass sich das manchmal als schwierig entpuppt, doch hat man erst mal den richtigen Grad der Ausnüchterung erreicht (heißt: funktionieren die Geschlechtsteile wieder so, wie sie sollten), kann man sich wohl auf den besten Fick seines Lebens gefasst machen. Ich sage doch: Katersex ist der beste Sex!

Sex während des Auskaterns macht nicht nur, dass das schlechte Gefühl, das so eine durchzechte Nacht mit sich bringt, schneller verschwindet, es verleitet auch zu Experimenten, die sich das ein oder andere Mal dann doch als extrem gut herausstellen. Auf ausgefallene Fesselspielchen sollte man allerdings lieber verzichten, wenn die Durchblutung des Körpers noch nicht richtig funktioniert. Genauso wie sich Deep Throating und extreme Facefucks nicht unbedingt gut machen, wenn der Magen aufgrund des hohen Alkoholkonsums am Vortag eh schon rebelliert. Ich spreche da aus Erfahrung. Es sei denn natürlich, man steht darauf, beim Sex angekotzt zu werden. Dann sollte man das nach einer durchzechten Nacht unbedingt ausprobieren! Die Schwelle, die einen zum Entleeren seines Mageninhalts auf den Schwanz des Partners bringt, ist viel schneller erreicht, als wenn man nüchtern ist. Ist aber irgendwie auch noch ekliger. Und ich glaube, Lust, die Sauerei danach aufzuwischen, hat man im Katerzustand noch weniger als nüchtern. Aber vielleicht steht ja tatsächlich irgendjemand darauf, in deiner oder fremder Kotze zu schlafen. Wundern würde es mich jedenfalls nicht.

Ein guter Rausch lässt die Libido auf jeden Fall mindestens so krass hochschnellen wie ein guter Porno. Alleine deshalb ist Katersex so wundervoll. Sollte sich kein potentieller Geschlechtspartner in der Nähe befinden und das Tindern im Katerzustand zu anstrengend sein, tut es natürlich auch die gute alte Selbstbefriedigung. Ob mit der Hand oder mit Spielzeug, das ich mir in die Körperöffnungen meiner Wahl stecke: Wenn ich verkatert bin, will ich grundsätzlich sexuelle Höhepunkte erleben. Also mache ich es mir selbst, wenn ich alleine aufgewacht bin oder der Mensch, den ich in der Nacht zuvor aufgerissen habe, noch im Alkoholkoma liegt.

Masturbieren ist zwar nur halb so schön wie richtiger Sex, aber gegen den Kater hilft es allemal. Wenn nicht beim ersten, dann beim zweiten oder dritten Orgasmus. Und das Bett verlassen sollte jemand, der gerade erst dabei ist, wieder nüchtern zu werden, sowieso erst für die abendliche Katerpizza vom Lieferdienst.

Weil ich eine moderne Feministin bin, lasse ich mich gerne in den Arsch ficken

Wenn man in die Großstadt zieht, entdeckt man ständig irgendetwas. Einiges gefällt einem, anderes vielleicht nicht. Und für manches braucht es etwas Zeit, um auf den Geschmack zu kommen. Dazu gehört auch folgendes Thema.

Ich liebe Arschficks.

Für mich gehören sie zum Sex wie die Mayo zu den Pommes. Nun will ich aber überhaupt nichts rechtfertigen. Ich liebe Arschficks einfach. Punkt.

Mich von ein paar Fingern oder einem Schwanz durch mein Hintertürchen penetrieren zu lassen, macht mich geil. So wie es andere eben geil macht, wenn sich zwei geile Ischen die Muschis lecken oder am Schlüpfer der Mutter des besten Freundes zu riechen. Nun ist es aber so, dass man das nicht einfach so sagen kann, ohne als billiges Flittchen abgestempelt zu werden.

Gerade Arschficks gelten als Königsdisziplin der Dominanz des Mannes. Nur, dass ich es eben geil finde, mich in den Arsch ficken zu lassen, und damit eigentlich die Dominante bin. Ich mache nämlich durchaus gerne meinen Mund auf. Nicht nur, um einen Schwanz darin aufzunehmen, sondern vor allem auch, um meine eigenen sexuellen Wünsche zu äußern. Dazu gehört neben Oral- eben auch Analsex.

Das Thema kam kürzlich bei einem gemütlichen Sonntagnachmittag mit Freundinnen auf den mit Bier und Schnittchen garnierten Küchentisch. Meine Freundinnen reagierten auf meine Aussage, dass ich Arschficks durchaus genieße und dabei sogar zu einem Orgasmus fähig bin, mit blankem Entsetzen.

Während es für einige überhaupt nicht in Frage kommt, weil sie es irgendwie eklig finden, haben es ein paar andere schon mal ausprobiert. Meistens, um ihren arschfixierten Freunden einen Gefallen zu tun, die dann wiederum ohne jegliche Vorbereitung und teilweise nur mit Spucke als Gleitmittel versuchten, ihre dicken Lümmel in den Arschlöchern meiner Freundinnen zu versenken.

Das tat denen dann natürlich so weh, dass das Experiment Analsex ganz schnell wieder auf Eis gelegt wurde. Egal, wie sehr die Herren der Schöpfung bettelten, es doch noch einmal mit Gleitgel und wenigstens ein bis zwei Fingern zu versuchen. Eine Freundin schlug vor, zur Abwechslung mal ihrem Freund einen Finger in den Arsch zu schieben. Der lehnte das allerdings ab, mit der Begründung, dass das ja schließlich schwul sei und mit Sicherheit auch nicht angenehm. Kein Wunder also, dass die Mädels keine Lust haben, sich dieser Praktik noch einmal mit den richtigen Mitteln anzunähern und sie unter »das kann überhaupt nicht geil sein« abstempeln.

Irgendwann driftete das Gespräch in Richtung Feminismus ab. Mit dem Ergebnis, dass meine Freundinnen Analsex für antifeministisch befanden. Schließlich würde man dem Mann alle Macht über sich erteilen, sich erniedrigen und benutzen lassen.

Eine Freundin warf in den Raum, dass Frauen sich ja sowieso nur in den Arsch ficken ließen, um ihren Freunden einen Gefallen zu tun. Das sei wie Blowjobs, die ja auch nur dazu dienten, dem Mann Lust zu bereiten, immer in der Hoffnung, dass er sich danach mit Cunnilingus, also Oralverkehr bei der Frau, revanchieren würde.

»Machen dir Blowjobs etwa keinen Spaß?«, fragte ich mit hochgezogener Augenbraue. »Nee, ich mach das nur, weil er das will«, antwortete sie. »In dem Punkt unterscheiden wir uns wohl«, konterte ich. »Mir machen Blowjobs nämlich sehr wohl Spaß. Ich finde es geil, einem Typen einen zu blasen. Weil ich es liebe, die Macht über seine Geilheit zu haben.«

»Du weißt schon, dass der Typ Macht über dich hat, wenn du ihm einen bläst, und nicht andersrum?«, antwortete sie. »Das ist doch total antifeministisch«, warf eine andere ein. »Ich mach das einfach gar nicht mehr.« Ich wurde langsam wütend. Ich hatte mittlerweile nämlich das Gefühl, dass man mir absprechen will, Feministin zu sein, nur weil ich gerne Schwänze lutsche und mich in den Arsch ficken lasse.

Feminismus ist nach wie vor ein Streitthema. Egal, wo man hinblickt, über Feminismus wird debattiert, in Zeitungen, in Blogs, im Fernsehen. Er wird gehasst und in den Himmel gehoben. Viel mehr noch: Er wird zu einem persönlichen Thema gemacht, das nichts mehr mit dem Feminismus als Kampf für Gerechtigkeit zu tun hat und sich nur noch auf bestimmte Personen bezieht. Während die einen zu den Über-Feministinnen gemacht werden, deren Feminismus als einzig richtiger gilt, obwohl er sich teilweise nur auf wohlhabende, weiße Frauen, die mit beiden Beinen im Leben stehen, konzentriert, wird anderen ihr Feminismus abgesprochen. Zum Beispiel aufgrund ihrer Sexualität. Oder weil sie nach wie vor gerne Kleider tragen, auch wenn der Feminismus uns gelehrt hat, dass es total okay ist, Hosen zu tragen. Manche Feministinnen gelten als »Feminazis«, also biestige Feministinnen, weil ihre Ansichten radikal erscheinen, doch wer sind wir, zu beurteilen, was richtig oder falsch ist? Fakt ist doch, dass ein moderner Feminismus darauf abzielt, dass man sich so verwirklichen kann, wie man möchte.

Und dazu gehört neben Lohngleichheit und weiteren wichtigen politischen Themen für mich eben auch, dass man auf Analsex stehen kann, ohne als Frau ohne eigenen Willen, die alles nur tut, um ihrem Kerl zu gefallen, abgestempelt zu werden.

Es ist nämlich so: Wenn irgendein Typ über mich sagt, ich sei ein billiges Flittchen, weil ich mich gerne in den Arsch ficken lasse, ist mir das herzlich egal. Er wird dann nämlich einfach niemals in den Genuss kommen, mich durch mein Hintertürchen zu penetrieren. Wenn mir aber andere Frauen absprechen, Feministin zu sein, nur weil ich gewisse sexuelle Praktiken mag, die mir auf den ersten Blick nichts zu bringen scheinen, greift mich das in meiner Weiblichkeit und Rolle als Feministin an. Ich darf meiner Meinung nach nämlich sehr wohl gerne Schwänze lutschen und mich trotzdem Feministin nennen. Dass Frauen eine erfüllte Sexualität abseits aller Klischees erleben dürfen, ist mir genauso wichtig wie, dass sie jedem Job nachgehen dürfen, den sie wollen. Ganz egal, ob das nun Hausfrau oder Astronautin ist.

»Also«, setze ich an, »ich lasse mich gerne in den Arsch ficken. Ich habe Spaß daran – und das gerade, weil ich Feministin bin. Ich sehe nicht ein, wieso ich darauf verzichten sollte, nur weil irgendwer mal gesagt hat, dass es degradierend sei. Solange ich mich gut dabei fühle, ist es feministisch. Und jeder, der etwas anderes behauptet, hat weder Feminismus noch Analsex verstanden.«

Die Diskussion mit meinen Freundinnen brach ich nach ein paar weiteren Sätzen ab und wechselte das Thema von Arschficks auf Nagellack. Wenn ich etwas antifeministisch finde, dann, anderen Frauen vorzuschreiben, was sie zu tun und zu lassen haben, und ihnen ihre Meinung abzusprechen, nur weil ein Mann mit im Spiel ist. Arschficks sind gut für den Feminismus, wenn sie von beiden Seiten gewollt sind. Und wer sagt, dass ich mich nur von Männern in den Arsch ficken lasse und nicht von Frauen mit Umschnallschwanz? Eben.

Wie ich versuchte, einen Handwerker zu verführen, und scheiterte

Wir alle keinen dieses Szenario aus einschlägigen Filmen: Eine junge Frau erleidet einen Wasserrohrbruch in ihrer Wohnung und ruft bei einer Handwerksfirma an. Die schickt ihren bestaussehenden Mitarbeiter, damit dieser ein neues Rohr verlegt. Keine zwei Minuten nach dem Anruf klingelt es an der Tür, die junge Frau öffnet nackt, der Handwerker verlegt sein Rohr: irgendwo liegt Stroh, und was aus dem Wasserschaden wird, bleibt für den Zuschauer ein ungelöstes Rätsel.

Ich hab mich ziemlich oft gefragt, wen dieses Szenario eigentlich so anturnt, dass er dazu wichsen kann. Zumal selbst bei mir als jemandem, der ununterbrochen an Sex denkt, in einer solchen Situation alles, das nicht unmittelbar von dem Wasserrohrbruch betroffen ist, trocken bleiben würde. Egal. Irgendein wahrer Kern muss ja hinter diesen Filmszenen stecken, und so entschied ich mich dazu, es mal auszuprobieren. Ich war inzwischen in eine Wohngemeinschaft in Neukölln gezogen, und auf Bernd – den bevorzugten Gas-Wasser-Installateur meines Vermieters – hatte ich eh schon ewig Bock.

Bernd ist etwa Anfang bis Mitte 30, klein und für einen Handwerker eher schmal gebaut, hat dunkelbraune Haare und

Augen, eine winzige, wenn auch beim Reden gut sichtbare Zahnlücke, raue Hände, trägt einen Schnauzer und dunkelblaue Latzhosen. Als ich ihm das dritte oder vierte Mal im Hausflur begegnete und die Gelegenheit nutzte, mich selbst mit ihm bekannt zu machen, reagierte er auf meinen Witz über die Ähnlichkeit mit einem gewissen Nintendo-Charakter mit einem Blick, der zeigte, dass er keine Ahnung hatte, wovon ich sprach. Damit bestätigte er so ziemlich jedes Klischee, das ich dank zahlreicher Pornos von Handwerkern hatte: dumm, aber sexy. In anderen Worten: Bernd war das perfekte Opfer für meinen Plan.

Ein Wasserhahn in unserer WG war sowieso seit Monaten undicht und lief ständig so aus, dass es uns in unregelmäßigen Abständen die Küche flutete, aber sowohl ich als auch meine beiden Mitbewohner waren bisher entweder zu faul, zu drauf oder zu dicht gewesen, um uns darum zu kümmern. Mit dem Pornoszenario im Kopf rief ich also bei der Handwerksfirma an, erzählte der Frau am anderen Ende der Leitung, dass es »bei mir tropft« und »ständig feucht« ist, und verlangte nach Bernd, damit er sich das »mal ansehen könne«. Das Grinsen, das ich währenddessen im Gesicht hatte, weil ich meine Worte mit Absicht eindeutig zweideutig gewählt hatte, verschwand direkt, als sie mir sachlich mitteilte, dass ich sechs Wochen auf einen Termin warten müsse. Spontaner Sex mit Handwerkern ist also schon mal nicht drin.

Sechs Wochen später war es dann jedoch endlich so weit. Bernd war für 13 Uhr angekündigt. Ich nutzte die viele Zeit am Morgen, um mir einen vernünftigen Plan zusammenzustellen.

Schritt 1: Mitbewohner loswerden. Das war gar nicht so schwer. Sie wollten nämlich wirklich nicht zu Hause sein, wenn ich in unserer Küche einen Handwerker flachlegen würde.

Schritt 2: Den genauen Ablauf ausdenken.

Ich hatte mir vorgenommen, überrascht zu tun, wenn Bernd hier aufschlagen würde. So, als hätte ich nicht gewusst, dass er ausgerechnet heute kommen würde, und als hätte einer meiner Mitbewohner den Termin mit ihm ausgemacht, der nun leider nicht da ist. Ich würde ihm im Handtuch und mit feuchtem Körper und nassen Haaren die Tür öffnen, so als hätte er mich gerade aus der Dusche hervorgeholt. Dann könnte ich ihn nämlich in die Küche führen, ihm den tropfenden Wasserhahn zeigen und »aus Versehen« mein Handtuch fallen lassen, so dass ihm nichts anderes übrigblieb, als meinen nackten Körper zu bewundern und über mich herzufallen.

Jetzt mal im Ernst, Leute, der Plan war perfekt.

Die Umsetzung gestaltete sich allerdings dann doch auch hier relativ schwierig. Bernd war nämlich rund 1,5 Stunden zu spät. 1,5 Stunden, die ich unter der Dusche verbrachte und mich immer wieder nass machte, damit es auch wirklich so aussah, als hätte er mich gerade in einem sehr privaten Moment gestört. Als er dann endlich klingelte und ich ihm die Tür öffnete, war er längst nicht so überrascht, wie ich mir vorgestellt hatte. Scheinbar passiert das tatsächlich häufiger, dass fremde Frauen ihm im Handtuch die Tür aufmachen. Ich führte ihn in die Küche zu unserem tropfenden Wasserhahn, dem er sich auch sofort widmete. Er ignorierte mich vollkommen, so sehr war er in seine Arbeit versunken. Ich fragte ein paarmal nach, ob ich ihm behilflich sein könnte, doch er verneinte.

Irgendwann reichte es mir dann, und ich fuhr einfach mit meinem Plan fort. Ich ließ das Handtuch fallen und säuselte: »Wenn du mit dem Hahn fertig bist, kannst du dich den feuchten Stellen an mir widmen.«

Bernd sah mich für einen Moment irritiert an und … machte einfach mit seiner Arbeit weiter. So, als wäre nichts gewesen. Ich blieb noch einen Moment so stehen, dann wurde mir bewusst, dass mein Plan vollkommen gescheitert war. Beschämt hob ich das Handtuch vom Boden auf, wickelte es um meinen nackten Körper und verschwand in meinem Zimmer.

Nach einer halben Stunde klopfte es vorsichtig an meiner Tür. Mein erster Gedanke war: »Geil, jetzt ist er fertig und hat Zeit für Sex!« Ich öffnete – mittlerweile bekleidet – und grinste ihn an. Bernd reichte mir wortlos ein Dokument und einen Stift und deutete auf eine Stelle auf dem Zettel. Er wollte, dass ich dort unterschreibe, damit ich seine Arbeit abnehme und er loskonnte.

Nichts da mit geilem Handwerkersex.

Ich setzte meine Unterschrift darunter, nahm die Rechnung entgegen – und Bernd ging, ohne einen Ton zu sagen.

Ich sah ihn nie wieder. Ich vermute ja, dass er sich von seinem Posten in unserem Haus hat abziehen lassen, weil ich ihm gegenüber so übergriffig war. Genau weiß ich es allerdings nicht. Der Wasserhahn in der Küche tropft im Gegensatz zu meiner Muschi jedenfalls nicht mehr. Und mir ist mittlerweile klargeworden, dass weder der Sex noch die Szenarien im echten Leben so sind wie in einem Porno. Meine Handwerkerfantasien sind jedenfalls komplett verschwunden. Dafür hab ich jetzt den Plan gemacht, irgendwann selbst einmal einen Sexfilm zu produzieren. Und zwar einen, der wirklich realistisch ist. Es würde ein Film werden, in dem ganz normale Leute ganz normalen Sex haben, bei dem geschwitzt und auch mal gelacht wird, und der von irgendwelchen absurden Szenarien, die in der Realität niemals vorkommen würden, vollkommen absieht. Das finde ich nämlich sehr viel schöner als das, was man in Pornos sonst so vorgesetzt bekommt.

Generation Babylos

Als meine Mutter so alt war wie ich, war sie mit mir schwanger. Vielleicht ist das der Grund, weshalb sie (und der Rest meiner Familie) mich so mit der Frage nervt, wann ich denn endlich mal Kinder bekommen möchte. Dass ich weder eine abgeschlossene Ausbildung, geschweige denn einen Beruf, von dem ich ein Kind ernähren könnte, noch einen festen Partner habe, lässt sie dabei völlig außer Acht.

Ich bin eine Frau. Es ist natürlich, dass ich Kinder will. Wenn nicht jetzt, dann wenigstens irgendwann. Sagt meine Mutter. Ich behaupte dennoch das Gegenteil. Ich bin eine Frau und will keine Kinder. Echt nicht. Wirklich nicht. Ich kann schon irgendwie verstehen, warum manche oder viele Menschen das Bedürfnis verspüren, eine Familie zu gründen, wie man so schön sagt. Nur, dass ich das irgendwie nicht habe, dieses Bedürfnis. Ich bin mit mir alleine glücklich. Und an vielen Tagen überfordert.

Ich finde Kinder ja nicht per se doof. Ja, es gibt viele beschissene Bälger da draußen, die mir mit ihrer bloßen Anwesenheit auf die Nerven gehen. Einfach, weil sie Kinder sind und sich nun mal nicht so verhalten können, wie Erwachsene das tun. Es gibt aber auch Kinder, die ich mag. Kinder, mit denen ich sogar gerne Zeit verbringe – solange ich weiß, dass ich sie nach ein paar Stunden wieder abgeben und mir ihre widerliche Kinderkotze aus der Kleidung waschen kann. Klar, ich gebe zu, dass ich es sogar ganz süß finde, wenn mir ein Kind mit seinem schokoladenverschmierten Mund einen feuchten Kuss auf die Wange drückt. Aber eben nur, wenn ich weiß, dass ich das nicht regelmäßig mitmachen muss. Diese seltsame Zuneigung, die manche Kinder mir gegenüber an den Tag legen, überfordert mich. Wie schlimm muss das erst sein, wenn es kein fremdes, sondern das eigene Kind ist?

Ich glaube, ich hätte permanent Angst, es versehentlich zu töten. Oder ihm zumindest weh zu tun. Weil ich einfach furchtbar ungeschickt bin. Und auch egoistisch. Ich will meinen Egoismus nicht hintanstellen. Für keinen Menschen dieser Welt. Nicht mal für ein Kind. Zumindest nicht für mehr als ein paar Stunden.

Wenn also meine Familie fragt, wann ich denn nun vorhabe, endlich ein Kind aus mir zu pressen, antworte ich genau das. Also alle der oben angeführten Dinge. Doch irgendwie haben alle beschlossen, mich zu überhören. Sie kontern dann mit Dingen wie »Das kommt noch, du bist schließlich eine Frau« oder »Du solltest mit der Planung aber nicht mehr allzu lange warten, im Alter wird das Kinderkriegen schwer!«.

Auf Letzteres antworte ich gerne mit: »Und wenn ich dann zu alt bin, adoptiere ich eben eins«, nur um mir dann anhören zu dürfen, dass das lange nicht so schön sei, wie ein eigenes Kind zu zeugen. Damit meinen sie natürlich nicht, dass der Sex vorher ziemlich geil wäre, sondern dass man adoptierte Kinder nicht so gern hat wie sein eigenes. Abgesehen davon, dass ich diese Ansicht für schwachsinnig und schlichtweg falsch halte, will ich auch nach dieser Diskussion immer noch kein Kind. Weder ein eigenes noch ein Adoptivkind.

Was das Erste betrifft (»Das kommt noch, du bist ja schließlich eine Frau!«), weiß ich gar nicht, wo ich anfangen soll zu diskutieren. Ach, was heißt schon diskutieren. Einfach schreien möchte ich! All die Menschen anbrüllen, die noch immer denken, dass ein Kinderwunsch mit dem eigenen Geschlecht zu tun hätte.

Ich hatte in meinem zweiten Berlinjahr einen Freund, der unbedingt ein Kind wollte. Ich war Anfang zwanzig, er war Ende zwanzig. Er wollte es nicht irgendwann, sondern sofort. Nach nur drei Monaten habe ich Schluss gemacht. Nicht, weil ich ihn nicht liebte, sondern weil ich wusste, dass wir keine Zukunft teilen würden. Er wollte ein Kind. Am liebsten sogar eine ganze Horde Kinder. Ich wollte das nicht. Und wer weiß, ob ich es je wollen werde?

Ich war schon mit Männern zusammen, die Kinder aus vorangegangenen Beziehungen hatten. Das war für mich kein Problem. Sind ja nicht meine eigenen, und ich machte den Kerlen von vornherein klar, dass ich zwar durchaus bereit bin, Zeit mit den Bälgern zu verbringen und auch auf sie aufzupassen, wenn die Herren arbeiten mussten, dass ich aber nie, nie, nie die Rolle der Ersatzmutter einnehmen würde, denn die liegt mir einfach nicht. Das haben sie auch alle akzeptiert.

Die Beziehungen sind nicht an den Kindern zerbrochen, sondern daran, dass die Väter solche Daddys waren. Und das nicht nur beim Sex. Sie waren auch außerhalb vom Bett so: träge, langweilig, humorlos. Da musste ich dann feststellen, dass Väter mir genauso wenig liegen wie Kinder. Mit Müttern hab ich's noch nicht probiert, doch ich vermute, da sieht's ähnlich aus.

Einmal habe ich meinen Frauenarzt mal auf eine Sterilisation angesprochen. Seine Reaktion hätte von meiner Mutter sein können: »Sie sind noch sehr jung, Sie werden irgendwann noch Kinder wollen.« Nein, verdammt, vielleicht will ich das nicht. Auf die Frage, ob man das zu Männern in meinem Alter auch sagen würde, die sich eine Sterilisation wünschen, weil sie wissen, dass sie keine Kinder möchten, bekam ich zu hören, dass das ja etwas anderes sei.

In dem Moment wäre ich fast explodiert, denn für mich ist das absolut nichts anderes, doch bevor es so weit kommen konnte, fand ich glücklicherweise mein Höschen wieder und den Weg hinaus aus der Praxis. Dass ich als Frau wirklich keine Kinder will, nicht jetzt und auch nicht irgendwann, scheint für unsere Gesellschaft nicht tragbar zu sein.

Manchmal kommt man sich damit ziemlich verarscht und auch alleingelassen vor. Immer dann zum Beispiel, wenn ich wieder auf eine Schwangere treffe, die das »alles gar nicht so geplant hatte« und jetzt doch »überglücklich ist, dass es so gekommen ist«. In diesem Moment kann ich schlecht sagen, dass ich, sollte ich einmal versehentlich schwanger werden, sofort abtreiben würde, und zwar auch ohne nur eine Sekunde zu zögern, und so behalte ich meine Meinung für mich. Allein. Die Gesellschaft würde sie ja eh nicht akzeptieren.

Mein erstes Mal auf einer Lesbenparty war schlimmer als jeder Horrorfilm

Mein bester Freund sagt, dass Lesbenpartys der Traum eines jeden heterosexuellen Mannes seien: ein heißer, stickiger Raum voller schöner Mädchen mit großen Brüsten und langen, wallenden Haaren und einer heißen Blondine in viel zu engem Tanktop hinter dem Mischpult, das von jedem Punkt des Clubs aus bestens zu sehen ist. Der Champagner kommt direkt aus der Flasche und läuft den gierigen Mädchen, die schlucken, was das Zeug hält, über die verschwitzen Körper, und irgendwann fangen sie an, sich auszuziehen und direkt auf der Tanzfläche zu befummeln.

Irgendwann gerät die Party außer Kontrolle und die ganzen Lesben, die in ihrer Freizeit eigentlich nur Muschis lecken, warten darauf, von dem großen, prächtigen Schwanz meines besten Freundes gefickt zu werden. Natürlich ist sein Schwanz groß und prächtig, ich meine, immerhin ist er mein bester Freund, und darauf lege ich schon viel Wert, nur für den Fall, dass zwischen uns doch irgendwann was läuft.

Das Ganze endet in einer riesengroßen Orgie, bei der er zum Schluss gar nicht mehr weiß, in welches der vielen Löcher er sein Ding eigentlich zuerst stecken soll, und alle wunderschönen Mädchen warten ganz sehnsüchtig darauf, dass er sein Sperma ganz gepflegt auf ihnen verteilt. Sagt zumindest seine Fantasie.

Als ich meine bisexuelle Seite entdeckt hatte, habe ich auch ganz oft von Lesbenpartys fantasiert, wenn auch auf etwas andere Art, als mein bester Freund das tut. Als ich noch etwas jünger war, lange Zeit vor Miriam und Anne, habe ich oft davon geträumt, hier erste Erfahrungen mit einer Frau sammeln zu können. Immerhin sind Titten schon ganz geil, und Männer mögen Frauen, die mit Frauen schlafen. Es macht ein Mädchen immer interessanter, wenn es seine Zunge schon mal in der feuchten Grotte eines anderen Mädchens versenkt hat, egal ob es jetzt Spaß dabei hatte oder nicht. Das ist zumindest die Meinung vieler Typen.

Meine heterosexuellen Freundinnen stellen sich Lesbenpartys immer wie eine Art männerfreies Paradies vor, weil man sich hier mal so richtig gehen lassen kann und keine Angst haben muss, von seltsamen Mackern betatscht zu werden. Outfit und Schminke sind nebensächlich, und man muss endlich nicht mehr so tun, als fände man Katy Perry doof, und kann tanzen, ohne darauf achten zu müssen, dass man dabei besonders sexy aussieht.

Sie wollen also auf diese Art von Party, weil sich hier keine strangen Dudes rumtreiben, die ihnen nur mal an den Snoopy-Schlüpfer wollen. Als ich in Berlin dann zum ersten Mal auf einer reinen Lesbenparty war, musste ich feststellen, dass die Realität ganz anders aussieht als all unsere Fantasien.

Die Musik lag irgendwo zwischen Justin Bieber und Modern Talking, statt Champagner gab es Bier, und die heißen Lesben, von denen mein bester Freund und ich so fantasiert hatten, entpuppten sich allesamt als Butches, also maskuline Lesben, und waren trotz ihrer Brüste um einiges männlicher, als es die meisten Männer jemals sein werden.

Statt Mädchen, die ihre geilen Körper wild aneinander reiben, stellte ich fest, dass hier hauptsächlich gepöbelt und geprügelt wird – nicht aber etwa um andere Mädchen, sondern um den besten Platz auf der Tanzfläche. Dort steht man dann meist nur herum und guckt grimmig. Insgesamt erinnerte mich alles ein wenig an die Kirmesveranstaltungen in meinem Heimatkaff, nur eben in offen homo. Lediglich drei oder vier Pärchen fanden sich zum halb-heimlichen Sex auf der Toilette ein, versteckt vor den Augen perverser Spanner, die sich unter der Vorgabe, schwul zu sein, eingeschlichen hatten.

Die wenigen anwesenden Männer, die sich vermutlich erhofften, hier ein, zwei oder drei geile Lesben mit nach Hause nehmen zu können, damit sie vor ihren Kumpels wieder prahlen konnten, wurden bitter enttäuscht. Statt der heißen Lesben aus »Orange is the New Black« bekam ich hier eher den »Frauenknast«, und alle Frauen hießen Walter und sahen auch so aus.

Das ist an sich erst mal nichts Schlimmes – immerhin gibt es genügend Menschen da draußen, die auf eher männlich wirkende Frauen mit Achselhaaren und Kurzhaarfrisuren abfahren – doch so ziemlich jeder gestandene Hetero-Dude bekommt es hier wohl erst mal mit der Angst zu tun, wenn er sich in das Szenario begibt, das ich seitdem gerne die »lesbische Realität« nenne. Das Leben ist eben leider kein Pornofilm, auch wenn wir uns das alle manchmal wünschen.

Auch meine heterosexuellen Freundinnen, die ich zu meiner und ihrer ersten Lesbenparty mitgeschleppt hatte, wurden bitter enttäuscht. Es ist nämlich so: Lesben mögen keine heterosexuellen Mädchen, die in ihren Lebensraum eindringen, um ihn für ihre Zwecke zu missbrauchen. Meine Heterofreundinnen waren an jenem Abend die Außenseiterinnen, die gemieden wurden. Denn, glaubt mir, man merkt ihnen an, ob sie gerne Muschis lecken oder einfach nur hier sind, weil die Clubs, in die auch Männer dürfen, sie einfach zu stark verstört haben.

Eine von ihnen, die auf der Tanzfläche ihre vor dem heimischen Spiegel geprobten Dance Moves aufs Parkett zu legen begann, landete schneller auf dem Boden, als Haftbefehl »Hurensohn« sagen kann. Und zwar weil eine der Butches, die in dem Lesbenclub, den wir uns für den Abend ausgesucht hatten, das Sagen hatte, sie am sorgsam zurechtgemachten Pferdeschwanz packte und in die nächste Pfütze aus Glasscherben und Bier schubste.

Nur eine der vier Freundinnen, die ich mit dabei hatte, hatte etwas Glück und wurde von den Lesben akzeptiert. Die galt allerdings auch hier eher als Beute für die wildgewordenen Damen und musste sich Sprüche anhören, die selbst die Heteromänner, die sonst hinter ihr her sind, vor lauter Scham im Boden versinken lassen würden.

Sexuelle Belästigung schien an der Tagesordnung zu sein, und so manche Hand landete schneller zwischen ihren Beinen, als ihr lieb war. Ich dachte zwar immer, dass das insbesondere unter Frauen als inakzeptabel gilt, doch in einem Lesbenclub wird es wohl allgemein eher akzeptiert, als wenn ein Mann das tut, denn man ist hier schließlich unter sich, und wenn eine Frau ungefragt ein anderes Mädchen unsittlich begrapscht, dann ist das ja nur »halb so wild«. So kommt es mir zumindest vor.

Meine Freundin versuchte, die Lesben von solchen Tätlichkeiten abzuhalten, indem sie ihnen was von Feminismus und Sexismus erzählte, doch das stellte sich als nicht hilfreich heraus. Sie zog es also vor, dann doch einfach die Klappe zu halten. Die Frauen, die manchmal gar nicht als solche zu erkennen waren, wären im Zweifelsfall nämlich stärker gewesen als sie.

Nach nur wenigen Stunden verdrückten wir uns also unauffällig aus dem Club und beschlossen, vorerst nicht zurückzukommen.

Natürlich machen Lesbenpartys Spaß. Anders lassen sich die langen Schlangen vor den Clubs, wenn mal wieder zu einer »Ladies Night der besonderen Art« aufgerufen wird, gar nicht erklären. Dafür muss man dann aber, glaube ich, doch so eine »richtige Lesbe« sein und keinesfalls eine Heterofrau, ein »Mädchen in der Experimentierphase« oder gar ein Mann. Selbst in der Stadt, die immer wieder für ihre Offenheit und Toleranz gelobt wird.

Ich hatte Sex mit einem Schwulen

Kommen wir von den Lesben nun direkt zum anderen Teil der Homosexuellen: den Schwulen. Ich bin ja kein großer Fan von irgendwelchen Definitionen. Ich will meine Sexualität genau wie meine Beziehungen nicht für andere in Worte fassen müssen. Ich schlafe, mit wem ich will. Und wie meine Beziehungen zu anderen Menschen aufgebaut sind, hat nur mich zu interessieren.

Dennoch gibt es für so ziemlich jede sexuelle Orientierung ein Wort. Neben Hetero- und Homosexualität existieren zum Beispiel auch Bi-, Pan- oder Asexualität. Ob und welches dieser Attribute man sich davon zuschreiben möchte, ist jedem selbst überlassen. Ich lege für mich keinen Wert darauf, wobei ich sagen würde, dass es irgendwo zwischen Heteroflexibilität und Pansexualität liegt.

Dazu folgende Geschichte: Auf einem Konzert lernte ich einen Typen namens Silvester kennen, und wir landeten irgendwann im Bett. So weit, so gut. Doch das Besondere war, dass er sich eindeutig als schwul bezeichnete. Das heißt, er geht eigentlich grundsätzlich nur mit Männern ins Bett. Er hat jedoch laut eigener Aussage noch eine andere Seite an sich. Dort ist er eine männliche Lesbe. Klingt erst mal ziemlich absurd. Irgendwie ausgedacht. Nachdem ich mit ihm geschlafen hatte, war mir allerdings klar, was mit dem Wort gemeint ist.

Auf dem Konzert, auf dem wir uns zufällig kennenlernten, verstanden wir uns auf Anhieb blendend. Wir spendierten uns gegenseitig Bier und grölten laut die Songs mit, während wir uns dabei in den Armen lagen. Zwei völlig Fremde, die sich gerade erst begegnet waren. Allein für solche Momente liebe ich Konzerte. Am Ende des Abends tauschten wir dann Handynummern aus. Von da an texteten wir eigentlich stündlich, und ich war hin und weg von Silvester, bis nach einer Woche eine SMS kam, die mich innerlich kurz zusammenbrechen ließ. »Ich muss dir etwas sagen. Ich bin schwul.« Und schon waren sie dahin, die ganzen Fantasien, die sich mittlerweile zu Silvester in meinem perversen Köpfchen angestaut hatten. »Schade«, textete ich nach einer Weile zurück. Und damit hatte sich die Sache. Wir waren Freunde. Kein potentieller Fick in Aussicht. Dachte ich zumindest.

Dass wir dann doch miteinander im Bett gelandet sind, verdanken wir der Wirkung, die wir trotz unterschiedlicher sexueller Orientierung aufeinander hatten. Es war Silvester, der mir sagte, dass er gerne mit mir schlafen würde – wenn ich okay damit wäre, lesbischen Sex mit ihm zu haben. Ich wusste zwar nicht, was genau er damit meinte, aber ich war einverstanden.

Wir verabredeten uns für das kommende Wochenende bei ihm. Ich brachte zwei Flaschen Wein mit – Silvester war genau wie ich begeisterter Trinker –, und wir hörten bestimmt zwei Stunden lang Radiohead, bevor er den ersten Schritt machte und mich küsste. Er ging dabei überhaupt nicht wild oder stürmisch vor, sondern sanft, fast zu vorsichtig, aber ich passte mich seinem Tempo an, auch wenn ich es gar nicht erwarten konnte, ihn endlich komplett auszuziehen und seinen Schwanz anzufassen und in mir zu spüren. Zu letzterem kam es allerdings nie. Lesbischer Sex mit einem Mann bedeutet, dass sein Penis nicht zum Einsatz kommt, wie ich an diesem Abend lernte. Trotzdem war es mit der geilste Sex, den ich je hatte, denn obwohl Silvester schwul war und ich nicht mal in die Nähe seines Schwanzes kommen durfte – der übrigens gepierct war, was mich zusätzlich erregte –, verstand er es, mich zu lecken. Und das besser als so einige heterosexuelle Typen, die ich schon im Bett hatte und die gerne damit prahlten, dass sie die absoluten Hengste seien, die es jeder Frau besorgen würden, bis sie vor lauter Orgasmen irgendwann in Ohnmacht fällt. Ich glaube, diese angebliche Ohnmacht war in den meisten Fällen einfach nur ein Nickerchen, das besagte Frauen vor lauter Langeweile machten. Silvester jedenfalls war gut in dem, was er tat, obwohl er laut eigener Aussage wirklich selten mit Frauen ins Bett stieg.

Der Sex war insgesamt sehr sanft und behutsam, und obwohl ich eigentlich jemand bin, die es gerne richtig hart und dreckig hat, genoss ich es sehr. Nachdem er mit mir fertig war, durfte ich ihn befriedigen. Endlich! Ich wollte es ihm so gut besorgen, wie er es mir gerade besorgt hatte. Natürlich hatte ich mit mir zu kämpfen, weil sein Schwanz mich, obwohl er tatsächlich schlaff blieb, so erregte, dass ich Mühe hatte, nicht doch hinzufassen und ihm einen runterzuholen. Aber das hier war ja lesbischer Sex, und bei lesbischem Sex mit einem Mann, so erklärte mir Silvester, betrachtet man sein Arschloch einfach als eine Muschi, mit der man alles machen darf, was man eben auch mit einer Muschi tun würde. Kein Problem für mich, ich hatte mit Männerarschlöchern bereits genug Erfahrung gesammelt, und so leckte und fingerte ich seine »Arschfotze« – was für ein abartiges Wort! –, bis auch er mit einem lauten Stöhnen kam.

Das war er also, mein Sex mit einem Schwulen. Wenn man es so liest, dann klingt das Ganze doch recht unspektakulär im Vergleich zu den anderen Sexgeschichten, die ich so parat habe. Dennoch war es eine der erregendsten Sachen, die ich je erlebt habe, und einfach unfassbar intensiv. Ich kam Silvester in dieser einen Nacht so nah wie kaum einem anderen Menschen. Es blieb allerdings bei diesem einen Mal. Silvester ist nach wie vor schwul, und ich, ich stehe auf heterosexuelle Männer. Er und ich sind allerdings nach wie vor sehr gute Freunde, die gemeinsam mehrere Flaschen Wein leeren, dabei gerne mal zu Radiohead weinen und in Erinnerungen über unseren Lesbensex schwelgen.

Eines hat mich diese Erfahrung aber gelehrt. Nämlich, dass die Grenzen unserer Sexualität trotz festgelegter Definitionen fließend sind. Wer sich welches Attribut zuschreibt und aus welchen Gründen, ist fast vollkommen egal. Es hat in vielen Fällen einfach nichts mehr zu bedeuten und dient lediglich der Befriedigung der Gesellschaft, die von einem erwartet, dass man sich festlegt und definiert und auch nicht mehr daran rüttelt, wenn man sich einmal für »schwul«,

»lesbisch«, »hetero« oder »bi« entschieden hat. Aber letzten Endes sind eben auch das nur Worte, denen man hoffentlich in Zukunft nicht mehr allzu viel Bedeutung schenkt, weil jeder endlich die Sexualität ausleben darf, die er ausleben möchte, ohne sich selbst zur Befriedigung anderer in eine Schublade packen zu müssen. Es geht ja eigentlich auch niemanden etwas an, ob man jetzt gerne mit Männern, Frauen oder anderen Geschlechtern, die außerhalb dieses sehr engstirnigen Spektrums liegen, schläft.

Wenn du in Berlin nicht feierst, kokst und vögelst, dann zieh gefälligst wieder weg!

Es ist einer dieser typischen Freitagabende in Berlin. Also einer von denen, an denen du zu Hause herumhängst und auf die Anrufe von Leuten wartest, die sich nur zum Feiern bei dir melden. Weil du nun mal die Person bist, die alle Türsteher und Dealer dieser Stadt beim Namen kennt und bei manchen sogar weißt, wie ihre Kinder heißen und wo sie an ihren freien Tagen frühstücken gehen.

Du hast den Plan, wo heute die beste Party steigt und wo es das beste Koks zu kaufen gibt. Weil du die Woche damit verbracht hast, nach all diesen Dingen zu suchen, während deine sogenannten Freunde ihren sogenannten Jobs nachgingen. Und deshalb bist du wichtig. Du hängst also zu Hause herum, wartest auf die Anrufe von Leuten, die sich nur zum Feiern bei dir melden, und legst dir im Kopf drei Outfits zurecht.

Ein Outfit fürs Prince Charles, eines für den Fall, dass du drei Tage nicht nach Hause kommst, und eines, das gerade so okay ist, um noch schnell nebenan Gras zu kaufen. Im Prinzip sehen sie alle gleich aus. Dein Lieblingsshirt ist dreckig, natürlich, weil du von Montag bis Freitag schon so mit dem Wochenende beschäftigt warst, dass deine Wäsche, dein Geschirr und mit der Zeit auch deine Würde einfach liegengeblieben sind. So geht das, seit du in Berlin wohnst, und manchmal fragst du dich, ob das schon alles war, ob das jetzt echt dein Leben ist oder ob du nur die Fantasie lebst, du weißt schon, ob du nun eine von denen bist, vor denen man dich als Kind immer gewarnt hat.

Ich spiele das Spiel jetzt seit fünf Jahren. Fünf Jahre Berlin, fünf Jahre die immer gleichen Wochenenden, nur dass der Freundeskreis ständig wechselt und hier ein Club schließt und dort wieder neu aufmacht. Ich bin eines von den coolen Kids, glaube ich, eine von denen, die man um ihren Stammplatz auf der Gästeliste beneidet und darum, dass sie einen Fick drauf gibt, wie sie nach dem Feiern aussieht; und der auch egal ist, dass in ihrem Bett mittlerweile mehr Kerben sind als es Holz gibt.

Mit dem neuen Track von »Alle Farben« auf den Ohren und zwei Flaschen Bier im Beutel ziehe ich los, Partytram M10, nächster Halt: Warschauer Straße. Bei den Dealern auf dem Technostrich kaufe ich Gras für 'nen Zehner, lasse mich ein bisschen antatschen, das ist da irgendwie so üblich, wie es in den Medien berichtet wird. Keine zwei Meter kann man gehen, ohne mit »Mäuschen« oder »Baby« angequatscht zu werden; und ich frage mich, ob die Dealer so überhaupt etwas loswerden, ich meine, bei Leuten, die noch nie etwas gekauft haben.

Mein Weg führt mich auf die Modersohnbrücke, die natürlich voller Leute ist, aber irgendwie kann man hier gut zusammen allein sein. Ich drehe mir einen Joint, und während ich ihn rauche, schaue ich auf die Bahngleise hinunter. Die

Brücke schwingt bei jedem Auto, das darüberfährt. Es fühlt sich ein bisschen an, wie betrunken zu sein.

Den Sonnenuntergang, wegen dem alle gekommen sind, nehme ich gar nicht richtig wahr. Irgendwann setzt der Fressflash ein, ich brauche jetzt dringend Schokolade oder einen Döner, mir eigentlich egal, Hauptsache essen, und so lande ich in der Simon-Dach-Straße und stopfe mir Pizza für 2,50 Euro in den Rachen, von irgendwoher hört man »Marteria« singen oder irgendeinen anderen dieser total überbewerteten Rapper, die hier wahrscheinlich auch immer ihre Pizza kaufen – immer dann, wenn keiner guckt.

Die Luft riecht nach Wasserpfeife, das ist hier so, erst wenn man wieder weiter nach unten kommt, mehr auf den Technostrich, wird der Geruch zu Gras. Später in der Nacht kommt dann die Kotze dazu, die der Touristen, die zum ersten Mal Mexikaner trinken und sich MDMA einwerfen, weil man's halt so macht, und dann erzählen sie jedem, wie geil Berlin doch ist und dass sie unbedingt ins Berghain wollen, während sie letzten Endes dann doch nur im Matrix landen.

Das Matrix. Jeder weiß, wie es dort ist, obwohl er noch nie drin war, aber die Partys, die sind immer scheiße, genau wie die im Berghain immer geil sind, und sowieso, in Clubs, in die echt jeder kann, da geht man sowieso nicht rein, wenn man Berliner ist und zu den coolen Kids gehört. Irgendwie reizt mich das gerade, also schnell noch 'nen Wodka gekauft und ein Gramm Speed gezogen. Über die Warschauer Brücke zu gehen, ist jetzt fast unmöglich, überall sind Menschen, viel zu viele Menschen.

Jemand sagt: »Das ist Berlin!«, und mir kommt ein bisschen Kotze hoch, das ist vielleicht dein Berlin, aber nicht meins, echt nicht, oder vielleicht doch?

Ich drängle mich vorbei, einmal links, Treppe runter, noch mal rechts. Hier ist es also, dieses Matrix. Die Schlange vor dem Club ist lang, das Publikum eine Mischung aus überstylten Mädchen in High Heels und Jungs, die das erstbeste T-Shirt aus dem Schrank gezogen und noch keinen Bartwuchs haben. Durch die offenen Türen dringen dumpf die Beats, ich stehe trotz Schlange keine zehn Minuten an, das ist neu. Die Türsteher hier kenne ich nicht, Taschenkontrolle, Ausweis zeigen, kritischer Blick. »Du darfst rein!«, als sei das hier etwas Besonderes.

Drinnen stehen halbnackte Mädchen in einem Käfig und fassen sich gegenseitig an. Vor ihnen eine Gruppe Jungs, die den Mädchen laut grölend schmutzige Dinge zurufen. Also, ich glaube zumindest, dass es schmutzige Dinge sind, denn sie sprechen eine Sprache, die ich nicht verstehe, doch schön klingt sie nicht.

Ich gehe zur Bar und bestelle mir zwei Drinks, bezahle aber nur einen, das ist hier so »bei den Ladys«, sagt man mir. Bevor ich den ersten hinunterstürzen kann, werden sechs verschiedene Songs angespielt, immer einmal bis zum ersten Refrain, doch nie länger als eine Minute. Sind wohl die Charts, denn jeder außer mir kann sie mitsingen, und tanzen, verdammt, tanzen können die hier auch, nur hat es was von einem Softerotikfilm.

Ich bin gerade beim zweiten Drink, als mich ein Typ anspricht, deutlich jünger als ich. Ich habe keine Ahnung, was er sagt, aber mir ist langweilig, also schiebe ich ihm die Zunge in den Hals, und er findet das voll okay. Wir knutschen noch so fünf, sechs Minuten weiter, dann nehme ich ihn an der Hand und ziehe ihn aus dem Club. Sein Englisch ist so mittel, zumindest hab ich verstanden, dass er in einer dieser schäbigen Jugendherbergen in der Warschauer Straße wohnt.

Also gehen wir zu ihm und ficken, und der Sex ist auch so mittel, und irgendwann morgens stehe ich auf und ziehe mich an, verschwinde ohne »Tschüss« zu sagen. Ich laufe über die völlig leere Brücke, kaufe in der S Bahn-Station noch ein trockenes Croissant und Kaffee, während im Radio leise »Schwarz zu Blau« spielt und fahre zurück in meinen Kiez. Vielleicht sind meine Freitagabende typisch und auch trostlos, aber hey, ich habe mein Berlin echt lieber als eures.

Nadine Kroll, Station 03A

Im meinem zweiten Berlinjahr hatte ich einen festen Freund namens Eric. Er wusste, dass ich manchmal mit Frauen schlafe, und er war einverstanden sagte er zumindest. Er wusste, dass er mich sonst verlieren würde, und außerdem durfte er ja auch mit Chriz ficken, seinem besten Freund. Wenn er auf Koks war, lutschte er manchmal seinen Schwanz und ließ sich einen Finger in den Arsch stecken, während er sich einen keulte.

Eines Abends machte er ein Bild von seinem Joint und fragte mich, ob er das auf Instagram hochladen sollte, und ich sagte: »Nee, lass mal, die löschen das doch eh, und außerdem hat meine Mutter vorhin angerufen und gesagt, dass der Freund eines Kollegen im Internet gelesen hat, dass ich wieder Gras rauche.« Eric packte sein Handy weg, und wir zündeten den Joint an. Dazu tranken wir Bier und verfluchten das Internet und unsere Mütter, und von irgendwo her kam »Bloc Party«. Für einen Moment war alles gut.

»Ich hab mich mit deinem besten Freund getroffen«, sagte ich irgendwann, »in unserer Lieblingsbar.« Dort, wo wir eben immer waren, wenn wir nicht zusammen im Bett lagen und er mir diese ganzen schönen Filme zeigte und dabei meine Hand hielt. »Zwei Stunden etwa, wir haben Cola mit Rum getrunken und uns Geschichten erzählt, über Musik, Essen und

Mitbewohner ausgekotzt. Dein Name ist dabei nie gefallen, aber weißt du was? Ich hab die ganze Zeit an dich gedacht.«

Eric rastete komplett aus. Er schrie mich an und warf mich raus. Keine Ahnung, was bei ihm abging. Ich torkelte vier Stockwerke hinunter und musste ziemlich hart lachen, warum, weiß ich selbst nicht.

Zwei Stunden später war ich auf meinem Zimmer mit diesem Mädchen, Laura, die wahnsinnig gut aussah, aber irgendwie nicht mein Typ war. Keine Ahnung mehr, wie ich hierher gekommen war, aber es fühlte sich gut an. Laura sagte, dass sie wahnsinnig gerne Muschis leckt, und ich sagte »okay« und ließ sie meine Muschi lecken. Sie machte das wirklich gut, ich meine, so als würde sie tatsächlich nichts lieber tun als Muschis lecken, fingerte nicht mal, leckte nur, und ich stellte mir vor, wie sie dabei von einem mächtigen Schwanz gebumst wird; schnell und tief stößt er zu, und sie stöhnte, konnte sich kaum noch auf meine Muschi konzentrieren, doch aufhören wollte sie nicht. *Ich komme gleich*, dachte ich, *ich glaube, ich komme*, und dann spritzte ich ihr voll ins Gesicht, und sie lachte nur und wischte sich den Mund ab und sagte nichts, und ich dachte: *Ich sollte das aufschreiben.* »Wo ist nur das Koks hin? Ach da«, sagte ich später zu ihr. Ich hatte es in meinem BH versteckt, und jetzt lag es auf dem Boden und ich zog drei weiße Lines damit, und sie nahm eine und dann ich wieder zwei, und der Schwanz kriegte gar nichts davon ab, der Schwanz war längst weg, und ich zweifelte daran, ob er überhaupt jemals hiergewesen war. Ich bekam Lust, mich einfach zu übergeben, also brach ich weißen Schaum hervor, und dann ging es mir wieder ganz gut.

Ich wachte einige Zeit später in meiner eigenen Kotze auf, nackt, der Schädel brummte krass, geiles Gefühl. Ich war voll depressiv oder deprimiert, keine Ahnung, und ich ging total darin auf. Kokskater, bester Kater dieser Welt. Auf dem Boden lagen irgendwelche Klamotten, und ich zog sie an, wusste nicht mal, ob es meine waren, war aber auch total egal. Ich musste Eric noch anrufen und meine Mutter und ihr sagen, dass das mit dem Gras nicht stimmte, und Haare kämmen musste ich auch, die waren irgendwie verklebt. Alles roch nach einer Mischung aus Sperma, Muschisaft und hochgewürgtem Alkohol.

Ich weiß nicht, wie ich eigentlich nach Hause gekommen bin, aber meine Mitbewohner waren auf alle Fälle da und steckten mich, genau so, wie ich war, ins Bett, wo ich die Zimmerdecke anstarrte und mich fragte, ob ich gerade wach war oder schlief, dann wirklich eindöste und von noch mehr Kokain und Sex träumte.

Als ich wieder aufstand, musste ich noch mal kotzen, aber nur Gallensäure diesmal, und dann ging ich in die Küche, schenkte mir O-Saft ein, der krass nach Wodka schmeckte, kippte ihn in einem Zug runter und feierte, wie geil das war, dieser Trip. Nächstes Wochenende wieder, vielleicht aber auch schon morgen, mal gucken, wie viel Koks noch da war und ob das Geld ausreichen würde, um neue Pillen zu kaufen. Meinem Körper ging es jedenfalls wieder besser, alles, was der jetzt brauchte, waren ein richtig fetter Döner und etwa fünf Kilo Bananen, danach konnte man gleich weitermachen, erzählte mir zumindest mal jemand, der solche Trips fast jeden Tag schiebt.

Berlin, du großes Stück Scheiße, gib mir solche Nächte öfter, ich will mehr davon, viel mehr, dachte ich und rief Eric an, der aber nicht ranging. Vermutlich lag er selbst gerade im Drogenkoma oder war daran verreckt, im Berghain, wie so viele vor ihm, wenn man den Geschichten glaubte. Es war mir aber grad egal, solange er Spaß hatte, war alles gut. Vielleicht hatte Laura heute wieder Zeit.

Mein Aufenthalt in einer Entzugsklinik hat mir gezeigt, dass Drogen für mich unentbehrlich sind

Wer schon mal ein ganzes Wochenende durchgeballert und gesoffen hat, weiß, dass auf Drogenkonsum immer ein paar Tage folgen, an denen Körper und Psyche sich strikt weigern, ganz normal zu funktionieren. Kater eben. Meistens nicht so schön, gehört aber irgendwie zu einem rauschenden Fest dazu. Ich sage immer: Wenn du am nächsten Tag nicht verkatert aufwachst, hast du auch nicht richtig gefeiert.

Es mag zwar Leute geben, die auch ohne Alkohol und Drogen und sogar gänzlich ohne Sex Spaß haben, aber ich gehöre nicht dazu. Ich will Party, Pillen und so viele Pimmel, wie ich kriegen kann. Diese Einstellung hat dazu geführt, dass ich mich eines Tages in einer Klinik für Suchtkranke wiederfand. Zwar war meine Ankunft dort nicht ganz freiwillig, aber ich dachte mir, wenn ich schon mal da bin, kann ich mir das Ganze auch mal ansehen, das kostenlose Essen genießen und eventuell ein paar neue Kontakte zur Drogenszene knüpfen. Es ist doch völlig klar, dass in einer Entzugsklinik auch Leute landen, die ihren Lebensunterhalt mit dem Verkauf von Drogen verdienen, und wenn du dich mit Tickern gut stellst, kannst du eine Menge Kohle sparen.

Es war eine Überdosis Kokain gewesen, vermischt mit etwas zu viel Alkohol, die mich direkt ins Krankenhaus befördert hatte. Nach zwei Tagen auf der Intensivstation, wo ich über einen Tropf mit Flüssigkeit versorgt und mit Benzodiazepinen vor Krampfanfällen geschützt worden war, wurde ich direkt auf die Station verlegt, die Menschen dabei helfen soll, ihre Suchtproblematik in den Griff zu bekommen.

Nun würde ich mich nicht direkt als drogensüchtig bezeichnen, auch wenn das wirklich jeder Abhängige von sich behauptet. Der Unterschied zwischen den meisten Menschen, die im Entzug landen, und mir ist allerdings, dass ich mein Leben – von ein paar kleineren Ausnahmen abgesehen – vollkommen im Griff habe. Meine Noten an der Uni stimmen, ich gehe regelmäßig einem Nebenjob nach, und mein Körper sowie meine Psyche funktionieren an den meisten Tagen auch so, wie sie sollten. Ich brauche keine Drogen, um zu leben. Es macht mir einfach Spaß, sie zu nehmen. Und so ganz prinzipiell würde ich mich als verantwortungsbewusste Konsumentin bezeichnen, die exakt weiß, welche Substanzen man auf keinen Fall miteinander kombinieren sollte und wann der Punkt gekommen ist, an dem man die Party beenden und sich ins Bett legen sollte, um vom Rausch herunterzukommen.

Nach dem ersten Gespräch mit dem Oberarzt der Entzugseinrichtung, bei dem mein »Suchthintergrund«, wie er es nannte, genauestens beleuchtet worden war, wurde ich auf einem Vierbettzimmer untergebracht. Von meinen drei

Mitbewohnerinnen waren zwei alkoholkrank und eine süchtig nach Heroin. Letztere tat meinen gesamten Aufenthalt über eigentlich nichts anderes, als sich wahlweise die Seele auszukotzen oder sich selbst einzuscheißen, während sie sich vor Schmerzen krümmte und schrie. Seit ich das gesehen habe, ist für mich klar, dass Heroin die Droge ist, die ich unter keinen Umständen freiwillig anrühren werde. Ich ertrage zwar echt viel, aber das war doch selbst mir eine Spur zu hart. Und das nur vom Zuschauen. Da können mir noch so viele Leute erzählen, dass ein Schuss sich anfühlt wie ein Orgasmus, nur noch besser: Bevor ich riskiere, mir vor anderen Menschen in die Hose zu kacken, habe ich lieber gar keine Höhepunkte mehr.

Im Entzug gibt es nicht wirklich viele Regeln. Eigentlich nur zwei. Erstens: Du darfst nicht nach draußen. Zweitens: Du darfst keine Drogen konsumieren. Um zu prüfen, ob du dich auch daran hältst, lassen dich die Pfleger jeden zweiten Tag in einen Becher pissen. Es ist nämlich durchaus möglich, selbst in einer Entzugsklinik an illegale Substanzen zu kommen. An manchen Tagen wird dort mehr gedealt als im Görlitzer Park in einer ganzen Woche. Wenn ich mit Drogen handeln würde, ich würde das Zeug auch in einer Einrichtung für Suchtkranke verscherbeln. Immerhin finden sich hier wirklich immer Kunden. Obwohl es selbstverständlich moralisch fragwürdig ist, Drogen an Leute zu verkaufen, die eigentlich davon loskommen wollen, weil die Abhängigkeit ihr Leben in Schutt und Asche gelegt hat.

Der Tagesablauf ist immer gleich: Aufstehen, Frühstück, Visite, Mittagessen, Gesprächsrunde, Abendessen, Bett. Zwischendurch so viel wie möglich rauchen und den Mitpatienten zuhören, mit wie viel Alkohol im Blut sie hier angekommen sind. Bei mir waren es 2,4 Promille. Den Rekord hielt während meiner Zeit in der Klinik eine zierliche blonde Frau Ende dreißig. Sie war mit 4,1 Promille eingeliefert worden. Als ob das nicht schon krass genug wäre, konnte sie im Gegensatz zu mir allerdings noch laufen und sich verständlich ausdrücken.

Bereits an meinem zweiten Tag im Entzug wurde ich noch einmal zum Oberarzt zitiert. Das ist insofern ungewöhnlich, weil die hier untergebrachten Patienten eigentlich selten einen richtigen Arzt oder Therapeuten sehen, sondern vielmehr nur kurz clean gemacht und danach sofort wieder auf die Straße gesetzt werden. Vermutlich ist auch das der Grund, warum es so viele so genannte »Drehtürpatienten« gibt. Also Leute, die innerhalb weniger Tage nach ihrer Entlassung aus dem Krankenhaus rückfällig werden und spätestens zwei Wochen nach Beendigung ihres letzten Aufenthaltes wieder eingeliefert werden. Im Prinzip ist man auf sich allein gestellt, denn richtige Hilfe muss man sich als Suchtkranker selbst suchen, sobald man wieder draußen ist. Man bekommt zwar eine Broschüre mit Selbsthilfegruppen und Therapieangeboten in die Hand gedrückt, aber das war's dann auch schon. Ich allerdings durfte mich schon weniger als 48 Stunden nach meiner Verlegung auf die Suchtstation mit Ärzten und Therapeuten auseinandersetzen. Grund dafür war, dass ich nicht wie die meisten hier abhängig von einer einzigen Substanz war, sondern polytox. Ich war eine sogenannte Mischkonsumentin, allerdings ohne eine körperliche Abhängigkeit zu den ganzen Drogen, die ich schluckte, rauchte und zog, zu haben. Darüber, ob ich psychisch von irgendetwas abhängig war, war man sich, glaube ich, bis zum Ende meines Aufenthalts nicht ganz sicher. Klar war nur, dass ich ein gewisses Risikoverhalten an den Tag legte. Nicht nur beim Konsum von illegalen Mittelchen, sondern auch beim Sex. Als ob mir das nicht selbst klar wäre. Sex und Drogen bergen immer ein gewisses Risiko, egal wie safe du etwas praktizierst.

Abgesehen von den manchmal etwas nervigen Dialogen mit den Ärzten oder Pflegern war meine Zeit im Entzug ganz cool. Ich war definitiv besser dran als so einige meiner Mitpatienten, denn weder musste ich durch einen heftigen körperlichen Entzug gehen noch hatte ich eine Drogenpsychose entwickelt. Es wäre gelogen, wenn ich sagen würde, zu sehen, wie krass manch einer unter seiner Suchterkrankung leidet, hätte mich nicht verändert und veranlasst, über mein eigenes Verhalten nachzudenken. Es war jedoch von vornherein irgendwie klar, dass es mich nicht komplett vom Koksen oder Kiffen abhalten würde. Dazu fehlt mir, glaube ich, bis heute der Leidensdruck, den viele der anderen Menschen, die ich im Krankenhaus kennengelernt habe, empfanden. Ich werde nicht nervös oder gereizt, wenn ich mal drei, vier Wochen ohne Gras, Speed oder Bier auskommen muss. Ich hab's nur einfach lieber, wenn was da ist. Und irgendwie gehört das Ballern ja genauso zur Hauptstadt wie Brandenburger Tor und Berghain.

Das sahen meine Mitpatienten übrigens genauso. Berlin bedeutet Sex, Drugs and Start-ups. Früher hätte hier mal Techno gestanden, aber seien wir ehrlich, daran denkt eigentlich niemand mehr, es sei denn, es muss mal wieder ein Club zumachen, weil er durch ein neuen, freshen Unternehmen ersetzt werden soll. Wenn sie sich also nicht um unsere Drogenerfahrungen drehten, ging es in unseren Gesprächen, die grundsätzlich außer Hörweite von Klinikangestellten stattfanden, hauptsächlich um Sex. Meistens allerdings verband sich das eine mit dem anderen. Bei manchen, weil sie einfach total gern auf Drogen fickten, bei anderen, weil sie mit Sex ihre Sucht finanzierten. Während meines Aufenthalts machten unter anderem drei Prostituierte und ein Zuhälter hier einen Entzug. Interessant war dabei vor allem, von Sexarbeiterinnen persönlich zu hören, was sie zur Prostitution zu sagen hatten, und nicht etwa von einer Alice Schwarzer, die diese Art von Jobs von vornherein verdammt. Tatsächlich waren die meisten von ihnen mit ihrer Arbeit vollkommen glücklich – nur eben mit den Drogen irgendwann nicht mehr. Nicht etwa, weil sie sich von irgendwelchen Substanzen zu Dingen verleiten ließen, die sie eigentlich nicht tun wollten, sondern weil ihre Körper aufgrund der Sucht irgendwann einfach nicht mehr mitspielten. Man hätte meinen können, dass mich diese Erzählungen dazu gebracht hätten, mal meinen eigenen Drogenkonsum zu überdenken, aber so lief das selbstverständlich nicht. Ich fing lediglich an, mich zu fragen, warum Sexarbeiter von unserer Gesellschaft noch immer nicht so respektiert werden wie jemand, der bei einer Bank arbeitet, obwohl es auch ein ganz normaler Job ist, der die Miete und die Drogen zahlt.

Natürlich wurde nicht nur über Sex gesprochen. Wenn du über einen längeren Zeitraum vollkommen von der Außenwelt abgeschirmt bist und kaum Beschäftigungsmöglichkeiten hast, außer zu rauchen, zu reden und Monopoly zu spielen, wirst du eben irgendwann horny. Und wenn es nur vor lauter Langeweile ist oder weil dein Gehirn, während es von seinem Trip runterkommt, Hormone produziert, die dafür sorgen, dass du am laufenden Band Geilheit verspürst. Zwar hatten die Duschköpfe in dem Krankenhaus, in dem ich untergebracht war, alle eine Massagefunktion, mit der man sich zum Orgasmus bringen konnte, wenn man den Wasserstrahl direkt auf den Kitzler hielt, nur wird das spätestens beim fünften Mal langweilig. Außerdem nervt es, wenn es, kurz bevor du zum Höhepunkt kommst, an der Badezimmertür klopft und deine Mitpatientin dir mitteilt, dass sie schon wieder kotzen muss. Nachts heimlich unter der Bettdecke zu masturbieren, funktioniert auch nicht so gut, denn es besteht eine sehr große Wahrscheinlichkeit, dass die Nachtpflege genau dann die Zimmertür aufreißt und das Licht einschaltet, während du gerade mit vor Geilheit verzerrtem Gesicht an deiner Muschi rubbelst oder deinen steifen Schwanz wichst. Das ist einem Typen von unserer Station tatsächlich so passiert. Auch wenn es keine Konsequenzen für ihn hatte, unangenehm war es ihm trotzdem.

Süchtige wissen sich allerdings auch in solchen Situationen zu helfen. Bereits an Tag 4 meines Aufenthalts erfuhr ich von einer Mitpatientin, die neben Kokain- auch mit Sexsucht diagnostiziert wurde, dass es in den Räumlichkeiten der Entzugsklinik ein sogenanntes »Bumsklo« gab. Eine Unisex-Toilette, die direkt in der Mitte des größten Ganges auf der Station lag und so offensichtlich platziert war, dass das Personal nicht den leisesten Verdacht darüber schöpfte, dass ihre Patienten diesen Ort nur dann aufsuchten, wenn sie es miteinander treiben wollten. Es funktionierte nach dem gleichen Prinzip, nach dem auch die meisten Leute, die hier waren, ihren Stoff erwarben: Je offensichtlicher ein Deal vollzogen wird, desto unwahrscheinlicher ist es, dass man dabei erwischt wird. Verbotene Schmuggelware fand ihren Weg auf die Station übrigens auch über besagte Toilette.

Nachdem ich von der Existenz des Bumsklos erfahren hatte, war klar, dass ich dort Sex haben musste. Abgesehen davon, dass ich sowieso geil war und es dringend brauchte, reizte mich das Verbotene daran. Es war nämlich nicht erlaubt, etwas mit Mitpatienten anzufangen, weil das angeblich den Therapieprozess behindern würde. Das hielt natürlich trotzdem niemanden davon ab, eine Entzugsaffäre zu beginnen. Wie sonst soll man auch das ständige Verlangen nach einem High kompensieren, wenn nicht mit geilem Sex? Also schnappte ich mir während meiner zweiten Woche in der Klinik den Kiffer, der mir schon am ersten Tag positiv aufgefallen war, und erzählte ihm von meinem Plan.

Sein Name war Istvan, und wir verabredeten uns für den nächsten Morgen um 9 Uhr auf dem Bumsklo. Das war die Zeit, wenn das Frühstück gerade zu Ende war, die Patienten zu einer weiteren Runde Schlaf wieder auf ihre Zimmer gingen und Ärzte und Pfleger in der täglichen Besprechung waren. Zuvor mussten wir allerdings noch Kondome besorgen – die wurden einem bei der Ankunft hier nämlich ebenso abgenommen wie die restlichen Pillen, Rasierklingen und alkoholhaltiges Deo oder Haarspray. Diese Aufgabe übernahm Istvan, der genauso Bock auf einen Fick hatte wie ich. Wie genau er es organisiert hat, weiß ich nicht, doch als wir uns am darauf folgenden Tag um die vereinbarte Uhrzeit auf der Toilette trafen, lag dort eine Schachtel Gummis bereit. Ohne lange zu zögern, legten wir los – allerdings war die Sache auch so schnell wieder vorbei, wie sie begonnen hatte. Ich hatte mich vornübergebeugt und auf dem Spülkasten der Toilette abgestützt, während Istvan seinen Schwanz von hinten in mich schob und nach etwa drei Stößen unter lautem Stöhnen abspritzte. Und das war's. Er streifte das Kondom ab, zog sich die Hose wieder hoch und fragte mich ernsthaft, ob wir das morgen noch mal wiederholen könnten. Ich wusste nicht, ob ich lachen oder weinen sollte, entschloss mich dann aber dazu, nichts dergleichen zu tun, sondern zurück auf mein Zimmer zu gehen und den Duschkopf das tun zu lassen, was Istvan nicht geschafft hatte.

Bei dieser Art von Sex bin ich die übrige Zeit meines Aufenthalts in der Entzugsklinik dann auch geblieben. Zwar ging ich Istvan nicht aus dem Weg, aber noch einmal mit ihm vögeln wollte ich wirklich nicht. Es hätte sein können, dass es besser geworden wäre und er länger durchgehalten hätte, aber dass er innerhalb von sechs Tagen zu einem Sexgott mutiert wäre, hielt ich für so unwahrscheinlich, dass ich stattdessen einfach meine Beziehung mit dem Duschkopf fortsetzte.

Am Tag meiner Entlassung steckte Istvan mir seine Nummer zu und bat mich, ihn doch einmal anzurufen. Keine vier Wochen später hab ich das sogar gemacht. Allerdings nicht, um zu ficken, sondern um mir bei ihm Gras zu kaufen. Ich habe doch gesagt, dass so eine Entzugsklinik der perfekte Ort ist, um Kontakte zu Dealern zu schließen, von denen man den Rest seines Lebens profitieren kann. Auf Sex mit Mitpatienten sollte man allerdings verzichten, wenn man nicht wie ich bitter enttäuscht werden möchte. Wer zwei Wochen ohne Stoff aushält, der schafft es auch genauso lange ohne Ficks.

So fühlt es sich an, wenn du mit GHB betäubt und vergewaltigt wirst

Nicht alle meine Erfahrungen mit Sex und Drogen waren positiv. Es gibt Kapitel in meinem Leben, die so dunkel sind, dass ich sie am liebsten für immer verdrängen würde. Ich spreche nicht gerne darüber, weil ich nicht will, dass andere Menschen mich als Opfer sehen. Oder, noch schlimmer, mir Vorträge darüber halten, warum ich selbst daran schuld bin, dass ich vergewaltigt wurde, weil ich keinen Hehl daraus mache, dass ich darauf stehe, hart gefickt zu werden und mich von fremden Menschen auf Drinks und Kokain einladen zu lassen. Dennoch ist es eine Geschichte, die irgendwie dazugehört und deshalb auch erzählt werden sollte.

Über uns hatten vor wenigen Wochen zwei Jungs und ein Mädchen, die in meinem Alter waren, eine WG gegründet. Klar, dass ich mich sofort mit ihnen anfreundete, denn es gibt wohl nichts Chilligeres, als abends auf ein bis zwei Bier oder Joints zu den Nachbarn zu gehen, über die Uni abzulästern und Sexgeschichten auszutauschen. Dementsprechend war ich auch am Start, als die drei ihre Einweihungsparty feierten.

Es waren wohl so um die 15 bis 20 Gäste anwesend, also nicht so wirklich viele, wenn man bedenkt, dass meine Mitbewohner und ich an manchen Abenden über hundert Leute in der Bude hatten, die mit uns soffen und auf unsere Zimmerpflanzen pissten, weil das Bad ständig besetzt war. Einer der Gäste, Marvin, war mir sofort ins Auge gesprungen. Er war groß, muskulös, Ende zwanzig und wie jeder in Berlin machte er etwas mit Medien. Wir unterhielten uns gut, rauchten auf dem Balkon ein paar Zigaretten zusammen und beschlossen, dass wir uns innerhalb der nächsten Stunde gemeinsam nach unten in meine eigene Wohnung verdrücken würden, um zu vögeln.

Am nächsten Morgen wachte ich mit einem Kater aus der Hölle auf. Mein Kopf schmerzte wie noch nie zuvor, und egal wie sehr ich mich bemühte, ich bekam meine Augen einfach nicht auf. Irgendwie seltsam, denn ich hatte lediglich drei Becher Bier getrunken und eine winzige Line Speed gezogen. Eine Menge, die mir im Normalfall gar nichts anhaben konnte. Aber vielleicht war es auch kein Kater, sondern einfach nur Migräne. Ich ließ also die Augen zu und drehte mich noch einmal um. Der Tag war gelaufen, das wusste ich gleich, also brauchte ich mir gar nicht erst die Mühe zu machen, wenigstens zu versuchen aufzustehen, zu duschen und ein großes Glas Wasser zu trinken.

Ich vermute, dass ich noch einmal eingeschlafen bin. Jedenfalls wurde ich wach, als ich etwas Schweres auf mir fühlte, das da irgendwie nicht sein sollte. Das Nächste, was ich wahrnahm, war ein Keuchen direkt neben meinem linken Ohr. Ich öffnete die Augen, so weit es eben ging, und wäre am liebsten direkt zurück ins Koma gefallen. Auf mir lag ein Typ, den ich noch nie zuvor gesehen hatte. Ich war zu schockiert, um irgendwas zu sagen oder mich zu bewegen, aber ich konnte fühlen, wie er seinen steifen Schwanz in mich rammte. Als er bemerkte, dass ich wach war, hielt er inne und grinste. »Na, gefällt es dir, so von mir geweckt zu werden?«, fragte er, und seinem Tonfall nach zu urteilen meinte er das ernst.

Das war der Moment, in dem ich losbrüllte. Ich schrie den Typen an, dass er sofort von mir heruntergehen solle. Für einen kurzen Augenblick entgleisten ihm die Gesichtszüge. Dann kehrte dieses überhebliche Grinsen zurück auf seine Lippen, und er sagte trocken: »Stell dich nicht so an, letzte Nacht hat es dir auch gefallen!« Und dann machte er einfach weiter. Schob seinen Schwanz in mir vor und zurück und tat, als ob nichts wäre. Ich fing an, auf ihn einzuschlagen und zu schreien. Kurze Zeit später flog die Zimmertür auf, und mein Mitbewohner stand im Raum. Er stürmte auf den Kerl, der auf mir lag, zu und riss ihn von mir runter, während auch er Schreie von sich gab. Der Typ landete unsanft auf dem Boden, fluchte, was für eine kranke Schlampe ich doch wäre, raffte seine Klamotten zusammen und rannte, so schnell er konnte, aus der Wohnung. Ich hörte noch, wie die Haustür ins Schloss fiel. Dann wurde es totenstill.

»Ist alles okay?«, wollte mein Mitbewohner wissen. Ich starrte nur die Decke an. War das gerade wirklich passiert? Oder war es doch nur mein Kopf, der mir einen fiesen Streich spielen wollte, weil er ganz langsam von dem Speed herunterkam? Nein, das konnte es nicht sein. Dafür hatte ich viel zu wenig weißes Pulver konsumiert. Das, was ich gerade erlebt hatte, war die bittere Realität.

Andere Menschen hätten an dieser Stelle vermutlich begonnen zu weinen. Ich nicht. Ich blieb einfach liegen und wünschte mir, sofort zu sterben. Mein Mitbewohner Fabian setzte sich an den Rand meines Bettes und legte seine Hand auf meine.

»GHB«, flüsterte ich. »Was?«, fragte Fabi. »Ich bin auf GHB«, wiederholte ich. Ich wusste es, weil ich schon einmal das auch als Liquid Ecstasy bekannte, starke Betäubungsmittel genommen hatte, damals allerdings mit Absicht. Der Kater, den ich davon bekommen hatte, hielt fast zwei Wochen an und war so schlimm, dass ich zwischenzeitlich dachte, ich würde daran verrecken, weshalb ich mir geschworen hatte, das Zeug nie wieder anzurühren.

»Wer war der Typ?«, wollte ich wissen. »Keine Ahnung«, antwortete er. »Irgendwer von der Einweihungsparty. Willst du, dass ich schnell nach oben gehe und bei Julian nachfrage, mit wem du gestern nach Hause bist?« Ich schüttelte den Kopf. Als Nächstes fühlte ich, wie sich mein Magen zusammenkrampfte, und noch bevor ich Fabian warnen konnte, hatte ich auch schon auf ihn, mein Bett und ein bisschen auf den Fußboden gekotzt.

Drei Stunden später gab mein Körper nur noch Galle von sich. Meine beiden Mitbewohner kümmerten sich rührend um mich, obwohl sie selbst mit ihren eigenen Katern von der gestrigen Party zu kämpfen hatten. Fabian hatte inzwischen in Erfahrung gebracht, dass der Kerl, den er aus meinem Bett geprügelt hatte, ein Kumpel von einem Kumpel von dem Bruder von Julian war, dessen Name niemand kannte. Und dass es niemandem so beschissen ging wie mir, weder körperlich noch psychisch. Es war glasklar, dass ich etwas zu mir genommen hatte, von dem die anderen nichts abbekommen hatten. Nur hatte ich leider keine Erinnerung daran, wie und wann das passiert sein sollte. Aber dass es GHB war, das stand für uns alle fest. Mein zweiter Mitbewohner Leonard hatte inzwischen nachgelesen, was Liquid Ecstasy mit dem Körper anstellen konnte, und alle bei Wikipedia aufgezählten Symptome trafen auf das zu, was ich gerade erlebte.

Als es eine weitere Stunde später immer noch nicht besser war, beschlossen die Jungs, mich ins Krankenhaus zu bringen, damit ich Flüssigkeit über einen Tropf zugeführt bekommen würde. Zwar hatte ich versucht zu trinken, doch konnte ich nicht einmal einen winzigen Schluck Wasser bei mir behalten. In der Klinik angekommen, brach für mich die Hölle los.

Ich erzählte der Schwester am Empfang, was geschehen war. Sie blickte mich von oben herab durch ihre schmalen Brillengläser an und wies mich an, ich solle im Wartezimmer Platz nehmen. Es dauerte eine halbe Ewigkeit, bis ich endlich aufgerufen und zu einem Arzt ins Sprechzimmer geschickt wurde. Meine Mitbewohner mussten draußen bleiben.

Ich setzte mich dem Arzt gegenüber und schilderte ihm, was geschehen war. Er würdigte mich keines Blickes, sondern tippte nur stumpf auf der Tastatur seines veralteten Computers herum. Als ich fertig war, sah er auf und sagte: »Ich würde vorschlagen, Sie fahren jetzt zurück nach Hause und schlafen Ihren Rausch in Ruhe aus. Wir sind eine Notfallambulanz, keine Ausnüchterungszelle.«

Ich war fassungslos. Ich hatte dem Typen gerade erzählt, dass ich unter Drogen gesetzt und vergewaltigt wurde, und er hielt mir einen Vortrag darüber, wie ein echter Notfall funktioniert. Nachdem ich die Galle, die durch meine Speiseröhre nach oben geschossen war, geschluckt hatte, wiederholte ich noch einmal, was ich ihm eben gesagt hatte. Dass ich GHB ins Glas gemischt bekommen hatte und vergewaltigt worden war. »Sehen Sie, Frau Kroll«, setzte der Arzt an. »Sie haben mir gerade erzählt, dass sie gestern Abend Alkohol und Amphetamine konsumiert haben. Da ist ein Kater ganz normal. Sie, waren vor nicht allzu langer Zeit auch einmal zum Entzug hier, wenn ich das richtig sehe. Gehen Sie nach Hause, schlafen Sie, und wenn Sie von den Drogen wegkommen wollen, würde ich vorschlagen, Sie rufen an und machen einen Termin für eine Aufnahme in unserer Entzugsklinik aus. Mehr kann ich gerade nicht für Sie tun.« Ich starrte ihn für eine Weile mit offenem Mund an, und dann schrie ich einfach los. Ich schrie so laut, dass eine Schwester zur Tür hereingestürmt kam und fragte, ob alles okay sei. »Okay? Nichts ist okay!«, brüllte ich. »Ich will, dass Sie sofort mein Blut und meine Pisse untersuchen und nach dem GHB darin schauen!«

Sowohl der Arzt als auch die Schwester sagten, ich solle mich erst einmal beruhigen, sie würden einen Test veranlassen. Ich konnte förmlich spüren, dass sie mir kein Wort glaubten. Dennoch wurde ich etwas ruhiger. Wenn sie mein Blut erst einmal untersucht hätten, dann würden sie schon sehen, dass ich ihnen die Wahrheit sagte.

Und so war es dann auch. Sowohl in meinem Blut als auch in meinem Urin war GHB gefunden worden. Der Arzt aus der Notaufnahme fragte mich, ob ich mich noch von einer Gynäkologin untersuchen lassen wollte, wegen der von mir geschilderten Vergewaltigung. Ich verneinte. Was sollte das schon bringen? Ich hatte keine blauen Flecken, weil der nicht einvernehmliche Sex an sich nicht von körperlicher Gewalt begleitet war, und der Typ, der mich während meiner Bewusstlosigkeit gevögelt hatte, war klug genug gewesen, ein Kondom zu benutzen. Selbst wenn ich mich untersuchen lassen und Anzeige erstatten würde, er würde sich darauf berufen, dass ich dem Sex zugestimmt hatte und er ja nicht gewusst haben könne, dass ich GHB konsumiert hatte. Ich wollte einfach nur nach Hause in mein Bett.

Dort blieb ich auch die nächsten drei Wochen und rekonstruierte, was ich von dem Abend bei der WG über uns noch wusste. Ich hatte zwischenzeitlich mit Marvin telefoniert, weil ich wissen wollte, wieso ich nicht neben ihm, sondern einem Wildfremden aufgewacht war. Er erzählte mir dann, wie er es erlebt hatte: »Ich bin kurz raus, um aufs Klo zu gehen. Als ich dich so eine halbe Stunde später das nächste Mal gesehen hab, warst du schon völlig weggetreten.«

Daraufhin hatte man beschlossen, mich nach unten in meine eigene Bude und direkt ins Bett zu bringen. Das hatte wohl der Typ, dessen Name mir bis heute nicht bekannt war, mitgekriegt, nachdem er sich bereits während Marvins Abwesenheit um mich gekümmert hatte. Er war wohl äußerst nett und fürsorglich gewesen, weshalb auch niemand Bedenken geäußert hatte, als er mich nach unten begleiten wollte. Dass er nie wieder auf der Party aufgetaucht war, ist von den anderen Gästen keinem aufgefallen.

Im Laufe der Zeit kehrten immer mehr Erinnerungen zurück. Mir fiel wieder ein, dass der Fremde mich in mein Bett gelegt und ausgezogen hatte. Protestiert hatte ich nicht, dazu war ich bereits zu müde und kraftlos gewesen. Dann hatte er sich seiner eigenen Klamotten entledigt, sich auf mich gelegt und seinen Schwanz in mich gesteckt. Keine Ahnung, ob es Minuten oder Stunden waren, die er mich so fickte, jedenfalls nahm ich es kaum wahr und aus meinem Mund war nicht mehr als ein unverständliches Brabbeln gekommen. Nachdem er fertig war und sich von mir gerollt hatte, schlief ich scheinbar sofort ein. Und wurde erst wieder richtig wach, als er mich das nächste Mal gegen meinen Willen penetrierte.

Ich weiß, dass die Geschichte für viele Menschen nicht nach einer richtigen Vergewaltigung klingt. Ganz tief in meinem Inneren gebe ich mir stellenweise noch die Schuld daran, dass ich nicht besser aufgepasst hatte. Natürlich tue ich das, schließlich bekommen gerade Frauen schon von frühestem

Alter an eingeredet, dass sie mit gewissen Verhaltensweisen Männer bewusst provozieren würden und dass sie ihre Getränke niemals einfach stehen lassen sollten. Ich weiß aber auch, dass das totaler Schwachsinn ist. Es sind nicht die Opfer, die verhindern müssen, dass sie GHB ins Glas gemischt bekommen und anschließend vergewaltigt werden. Die Schuld liegt alleine bei der Person, die jemandem Drogen heimlich verabreicht hat und sexuell übergriffig wurde. In unserer Gesellschaft werden zu oft die Opfer mit dafür verantwortlich gemacht, wenn ihnen so etwas geschieht. Sie leiden quasi doppelt. Auch ich habe echt lange gelitten, bis ich beschlossen habe, dass diese schreckliche Erfahrung mich nicht definieren wird. Und dass sie mir keinesfalls den Spaß an Sex und Drogen nehmen wird.

Deine »Friendzone« existiert nicht

Das Wort »Friendzone«, das vor allem im Internet immer wieder auftaucht, steht für eine platonische Beziehung zwischen zwei Menschen, in der sich eine Person eine sexuelle Beziehung wünscht, die andere allerdings nicht. Es ist somit ganz klar negativ belegt – obwohl es das eigentlich nicht sein sollte.

Ich hab ein riesengroßes Problem mit diesem Wort. Insbesondere, weil es nie in einem positiven, sondern prinzipiell in einem negativen Zusammenhang verwendet wird. Mein Freund zu sein ist ein verficktes Privileg, das nicht jedem Menschen, den ich kennenlerne, zuteil wird. Meine Freunde bedeuten mir mehr als jeder Fick dieser Welt, von daher ist die »Friendzone« etwas, das sich jeder Mensch, der mit mir in Kontakt steht, wünschen sollte. Nur, weil ich nicht mit all meinen Freunden ficken will, ist das noch lange kein Grund, die Beziehung zu mir irgendwie abzuwerten. Und ich nehme mir an dieser Stelle heraus, für alle Frauen zu sprechen, die schon mal auf negative Weise mit dem Wort »Friendzone« konfrontiert wurden. Es ist nämlich ein Begriff, den eigentlich nur Männer benutzen, wenn eine Lady nicht mit ihnen ficken will. Ich hab jedenfalls noch nie eine Frau sagen hören: »Der Typ hat mich gefriendzoned.«

Es sind besonders die netten, liebevollen Typen, die das Wort »Friendzone« gerne in den Mund nehmen. Und es klingt immer wie ein Vorwurf. So, als wäre man als Frau ihnen Sex schuldig, nur weil man es ausnahmsweise mal mit einem Kerl zu tun hat, der kein Arschloch ist. Ich kann euch eines sagen: Wenn du den Begriff »Friendzone« benutzt, dann bist du ein Arschloch. Und zwar ein ziemlich sexistisches, das sich auf keiner Ebene von den Typen unterscheidet, die einem auf der Straße hinterherglotzen, nur weil man einen kurzen Rock trägt.

Ich erinnere mich da an eine besondere Situation mit meinem inzwischen ehemaligen Freund Rob. Wir waren, wie so oft, gemeinsam etwas trinken, unterhielten uns gut, hatten Spaß. Am Ende des Abends bestand er darauf, die Rechnung zu übernehmen, was ich, klar, nicht ablehnte. Ich würde einfach beim nächsten Mal zahlen. Draußen vor der Bar zündete ich mir gerade eine Zigarette an, als Rob fragte: »Zu dir oder zu mir?« Im ersten Moment dachte ich, mich vielleicht verhört zu haben, doch bevor ich etwas sagen konnte, schon er hinterher: »Zum Ficken!« Ich bekam nur ein gestottertes »Äh!« heraus.

»Du willst ficken?«, fragte ich nach.

»Ja«, antwortete Rob, »oder denkst du, ich bezahle dafür, dass du mich in die Friendzone steckst?« Ich wusste nicht, ob ich lachen oder weinen sollte. Vor mir stand also dieser Typ, mit dem ich befreundet war und den ich eigentlich immer als cool empfunden hatte, und glaubte, ich würde für ein paar Drinks mit ihm ins Bett gehen.

»That's not how it works, Rob!«, sagte ich und ließ meine Zigarette zu Boden fallen, wo sie noch einen Moment glühte, ehe die Asche erlosch.

»Und wie funktioniert es dann? Wie komme ich aus der Friendzone raus und in dein Höschen rein?«

Ich konnte richtig spüren, wie meine Hand sich immer fester um mein Feuerzeug herum zur Faust schloss, drehte mich herum und ging. Rob rief mir noch etwas hinterher, doch ich ignorierte ihn. Die Sache war mir gerade echt zu dumm, ich würde mit ihm sprechen, wenn ich nicht mehr so wütend war.

Das Internet ist voll von Blogbeiträgen, in denen beschrieben wird, wie man es vermeidet, in die »Friendzone« zu rutschen. Da wird zum Beispiel dazu geraten, als Mann keine gefühlsmäßige Ebene zu einer Frau aufzubauen, damit sie einen bloß nicht als »guten Freund« sieht, sondern als Sexobjekt. Was für ein Schwachsinn. Ich möchte zu den Typen, mit denen ich regelmäßig Sex habe, durchaus ein freundschaftliches Verhältnis haben. Und wenn ich ihnen auch gefühlstechnisch vertraue, bedeutet das in den meisten Fällen nur, dass der Sex mit ihnen um einiges besser ist als der mit irgendwelchen One-Night-Stands, zu denen ich so gar keine Beziehung habe.

Sollte man erst mal »in der Friendzone gefangen« sein, gibt es natürlich auch etliche Tipps und Tricks, um da auch wieder herauszukommen. Da stehen dann so schlaue Dinge wie »Behandle die Frau, die dich gefriendzoned hat, möglichst scheiße, indem du vor ihren Augen mit anderen Frauen flirtest, ihr sagst, dass du sie überhaupt nicht attraktiv findest und dass sie für dich nur eine Freundin ist, die du ganz okay findest, die aber zu dick, zu klein oder zu blond ist, um in dir sexuelle Erregung hervorzurufen.« Mit anderen Worten: Man soll der Frau, die man gern hat, mitten ins Gesicht lügen, um zu bekommen, was man selbst will. Wie schwachsinnig das ist, merkt ihr hoffentlich selbst. Es bringt euch der Frau eurer Träume nämlich nicht näher, sondern treibt euch maximal komplett aus ihrem Leben. Menschen, die lügen, hat man einfach nicht gern um sich. Und dass Frauen prinzipiell auf Arschlöcher stehen, halte ich auch für ein Gerücht.

Ein paar Tage nach dem Abend mit Rob hatte ich mich leider noch immer nicht beruhigt. Ich hätte von wirklich vielen Typen einen solchen Move erwartet, aber nicht von ihm. Er, der sonst immer so furchtbar nett war und von dem ich eigentlich gedacht hatte, er hätte wenigstens in Grundzügen kapiert, worum es beim Feminismus geht, nämlich um Respekt.

Rob hatte ein paar Mal versucht, mich anzurufen, und auch bei WhatsApp nachgefragt, was los war. Bisher hatte ich keine Lust gehabt zu antworten, doch dann raffte ich mich auf und schrieb ihm eine Nachricht, die es in sich hatte:

»Du, ganz ehrlich, Rob, aber deine Worte nach dem Abend in der Bar gehen mir einfach nicht aus dem Kopf. Es ist so: Wer nicht in der »Friendzone« sein will, muss da auch nicht bleiben. Sorry, aber es ist immer noch jedem freigestellt, ob er mit mir befreundet sein möchte oder nicht. Wenn man keinen Bock auf eine rein platonische Beziehung zu einem anderen Menschen hat, geht man. So, wie man halt auch romantische Beziehungen beendet, wenn es einem reicht. Niemand zwingt dich, eine Beziehung zu führen, die du nicht führen willst. Niemand zwingt dich, eine Freundschaft zu führen, die du nicht führen willst. Wenn du trotzdem bleibst, ist das einfach dein Pech. In allen zwischenmenschlichen Kontakten trägt jeder nur die Verantwortung für das eigene Handeln, nicht für das der anderen. Und wenn man mit einem Menschen, mit dem man eng befreundet ist, gerne auch schlafen will, kann man das offen sagen. So uncool es auch ist, auf der Straße wildfremden Leuten ins Gesicht zu sagen, dass man ihnen an die Geschlechtsteile will, umso cooler ist es, in Freundschaften ganz offen miteinander umzugehen. Selbst wenn die andere Person »Nein« sagt, ist das für die platonische Beziehung selbst kein Nachteil. Und wenn doch, dann war es auch keine richtige Freundschaft, sondern einfach nur scheiße. Ich jedenfalls kann meinen Freundinnen und Freunden offen ins Gesicht sagen, wenn ich sie gerne knallen würde. Und wenn sie »Nein« sagen, dann ist das nun einmal so. Das Nein eines anderen Menschen wird akzeptiert und vor allem auch respektiert, auch wenn der eigene Wille in eine andere Richtung geht. Und so viel hatte ich zumindest auch von dir erwartet. Dass du das einfach sagen kannst, denn bis vor ein paar Tagen dachte ich, wir wären Freunde. Inzwischen bin ich da nicht mehr so sicher. Dein Move war einfach unter aller Sau, und dass du bisher nicht mal »Sorry!« gesagt hast, sondern nur sauer auf mich warst, zeigt, dass du nicht verstanden hast, worum es hier eigentlich geht. Du musst nicht mit mir befreundet sein, wenn du es nicht willst. Du kannst mir sagen, wenn du mit mir ficken willst. Punkt. Aber Drinks zu bezahlen und zu erwarten, dass ich es dafür mit dir machen, also nee, da bin ich wirklich raus.«

Robs Antwort ließ nicht allzu lange auf sich warten:

»Ich wusste, dass du auch nur eine von diesen verklemmten Feministinnen bist, die so tun, als wären sie sexuell aufgeschlossen, aber sofort schreiend wegrennen, wenn ein Typ sie auch nur höflich grüßt! Bei so jemandem will ich gar nicht in der Friendzone sein, und ficken will ich einen Menschen wie dich auch nicht! Bye!«

Ich starrte mit offenem Mund auf mein Display. Froh darüber, nicht mit Rob gefickt zu haben, und gleichzeitig schockiert, dass jemand wie er ganz offensichtlich in meiner Friendzone war. Vermutlich hätte ich ihn einfach direkt blocken sollen. Da ich aber solche Dinge wirklich nicht auf mir sitzenlassen kann, setzte ich zu einer weiteren Antwort an: »Heul doch bitte einfach im Internet herum, dass du »gefriendzoned« wurdest, und frag nach Tipps, wie du mir trotzdem an die Wäsche kannst, so wie jeder Typ, der so ist wie du! Oder hab einfach mal die Eier in der Hose, deinen Standpunkt auch im echten Leben ganz klar zu vertreten. Sag deiner Angebeteten, wenn du sie ficken willst, und akzeptiere ihr Nein, wenn sie es nicht will, ohne dich darüber aufzuregen. Sie ist dir nämlich nichts schuldig. ICH bin dir nichts schuldig. Und wenn dir eine Freundschaft ohne Sex zu viel ist, dann geh. Es finden sich da draußen genügend andere, mit denen du auch klarkommst und die sich deines Konzepts von »friends with benefits«, oder welche genaue Vorstellung da auch immer durch deinen Kopf geistert, gerne annimmt. Aber hör bitte auf, mit solch frauenfeindlichen Begriffen um dich zu werfen, als seien sie irgendwie cool oder witzig. Das sind sie nämlich nicht. Zumindest nicht, solange du ihnen diese negative Konnotation verpasst und die »Friendzone« nicht als das ansiehst, was sie eigentlich sein sollte: eine Zone, aus der man am liebsten gar nicht raus will, weil das Gegenüber einem so viel bedeutet, dass man die Freundschaft wirklich und wahrhaftig schätzt. Auch dann, wenn es keinen Sex dazu gibt. Es macht mich traurig, zu sehen, dass du das nicht kannst. Denn, weißt du, bisher hatte ich dich ganz schön gern. Als Freund. Aber das hast du nun ruiniert.«

Auf eine Antwort von Rob warte ich bis heute vergebens. Aber ich hoffe, er hat zumindest grob verstanden, was ich ihm damit sagen wollte. Nämlich, dass Freundschaften *very, very special* sind und dass es etwas Besseres, als in jemandes »Friendzone« zu sein, eigentlich gar nicht gibt.

Ich habe regelmäßig Sex mit jemandem, den ich noch nie im echten Leben traf

Cybersex ist großartig. Ich steh total drauf, mir mit anderen Menschen schmutzige Textnachrichten hin und her zu schicken. Meistens mache ich das ja mit Partnern, zu denen ich auch im »Real Life« Kontakt habe und mit denen ich alles, was ich in den dirty messages beschreibe, auch umsetzen kann, wenn wir uns sehen. Seit mehr als zwei Jahren unterhalte ich jedoch ein Verhältnis mit jemandem, den ich wirklich nur aus dem Netz kenne, den ich noch nie gehört oder gesehen habe, nicht mal auf einem Foto, und von dem ich nicht mehr weiß als seinen Nicknamen und auf was er sexuell so steht.

Der Name, den er sich selbst gegeben hat, ist BigDick69, was für sich schon ziemlich plakativ und eher nach einem schlechten Witz klingt, mich aber nicht davon abgehalten hat, ihn anzuschreiben. Er ist 31 Jahre alt, und sein Penis ist, naja, wie sein Name bereits sagt, überdurchschnittlich groß. Ob diese Angaben wirklich stimmen, darüber kann ich nur spekulieren. Da ich mich in unseren Chats allerdings als großbusige Blondine ausgebe, was nicht weniger klischeehaft ist als der Nickname, den mein Chatpartner sich gegeben hat, ist wohl davon auszugehen, dass auch er an der ein oder anderen Stelle geflunkert hat.

Wenn man das so hört, klingt das natürlich total creepy: Ich weiß nicht, wer da am anderen Ende des Rechners sitzt und zu meinen Nachrichten masturbiert. Vielleicht ist ein pickeliger Teenager, vielleicht eine Frau um die fünfzig, die sich nach Abwechslung sehnt. Vielleicht ist es aber auch der vielzitierte dicke, glatzköpfige Mann, der im echten Leben keine Frau abkriegt. Es ist mir vollkommen egal. Unser Cybersex ist gut, und darauf kommt es an.

Wir schreiben uns gar nicht so häufig und auch nur auf einem ganz bestimmten Portal. Ich hab also keine Angst, dass er (oder sie) mir im echten Leben hinterherspionieren könnte. Die Person, die da am anderen Rechner sitzt, weiß genauso wenig von mir wie ich über sie. Und vermutlich ist es genau das, was diesen krassen Reiz ausmacht.

Unsere Online-Affäre geht nun, wie gesagt, schon über zwei Jahre, und ich habe auch nicht vor, sie zu beenden. Dieser Mensch, wer auch immer er sein mag, hat so viel Wissen über meine Sexualität, dass er es versteht, mich mit nur einer Nachricht richtig heißzumachen. Ich sitze manchmal stundenlang vor meinem Rechner und masturbiere zu den Nachrichten, die er mir schickt, und in meiner Vorstellung sieht er jedes Mal anders aus. Mal wie Channing Tatum, mal wie Denzel Washington und ein anderes Mal wie mein Postbote. Meine Fantasien sind da vollkommen frei, und ich genieße es. Wenn ich ihm zurückschreibe, dann weiß ich, dass ich auch da meine kranksten und perversesten Fantasien rauslassen kann, ohne dafür verurteilt zu werden. Selbst wenn hinter diesem Account eine Gruppe Jugendlicher steckt, die sich darüber amüsiert, wie sehr sie mich an der Angel hat: Es macht mich so geil und beflügelt meine Fantasien so sehr, dass tatsächlich egal ist, wer die Person am anderen Ende ist und was sie mit meinen Nachrichten macht, also ob sie sie liest und sich dazu einen keult oder ob sie sie ausdruckt und in der Nachbarschaft aufhängt, damit jeder an meinen schmutzigen Fantasien teilhaben kann.

Manchmal stelle ich mir sogar vor, dass genau das passiert. Dass meine Nachrichten irgendwo anders landen als in seinem Postfach, und auch das erregt mich. Es ist irgendwie so ein Tabu, das da gebrochen wird und Unwissenheit kann ja so sexy sein. Deshalb ist mir auch so wichtig, dass das genau so bleibt. Denn egal, wie viel Spaß ich mit dieser fremden Person auch habe, ich will sie nie im echten Leben treffen. Ich glaube, das würde unser ganzes Verhältnis zueinander und vermutlich auch die ganzen Fantasien, die wir miteinander austauschen, zerstören. Und das will ich auf keinen Fall riskieren.

Klar hab ich mir schon manchmal vorgestellt, wie das wohl wäre, wenn er eines Tages vor meiner Tür stünde und wir all das, was wir uns so hin- und hergeschickt haben, miteinander in die Tat umsetzen. Auch wenn er dann natürlich sehen würde, dass ich in Wirklichkeit weder blond noch mit besonders großen Titten ausgestattet bin. Es erregt mich aber nicht so sehr wie unsere Anonymität. Wer weiß, vielleicht haben wir ja in der U-Bahn bereits einmal nebeneinandergesessen oder uns auf offener Straße zugelächelt. Vielleicht hatten wir sogar schon mal Sex miteinander. Dieses Nicht-Wissen macht mich so an, dass ich, nachdem ich diese Worte zu Ende getippt habe, erst mal masturbieren muss.

Ich kann dieses Online-Ding auf jeden Fall empfehlen. Es ist aufregend, es ist sexy, es ist geil. Und wenn man nicht zu viel von seiner wahren Identität preisgibt, sondern wie ich an den richtigen Stellen ein bisschen flunkert, dann ist es auch gar nicht so gefährlich, wie immer alle sagen. Glaube ich.

Warum ich gut im Schwänzelutschen bin – und du nicht

Es gibt nicht viele Dinge, bei denen ich von mir behaupten kann, dass ich wirklich gut darin bin. Eins ist jedoch sicher: In Blowjobs bin ich ziemlich fantastisch.

Das liegt nicht etwa daran, dass ich besondere Techniken beherrsche (Deep Throat? Come on! Niemand hat Lust darauf, wochenlang mit einer Zahnbürste zu üben, bevor er sich den ersten Schwanz in den Rachen schieben kann, ohne zu kotzen), sondern einfach an der Tatsache, dass ich Blowjobs liebe.

Meinen ersten Blowjob gab ich mit fünfzehn. Im Nachhinein betrachtet, hatte das, was ich da tat, überhaupt nichts mit Lust zu tun, sondern mit Arbeit. Kein Wunder, ich kannte die »Technik« schließlich nur aus sogenannten Schmuddelfilmchen, und so konzentrierte ich mich nicht wirklich auf meinen damaligen Freund, sondern darauf, seinen Schwanz so schnell und tief wie möglich in den Mund zu nehmen und dabei möglichst geil zu stöhnen. Und all das tat ich nur, weil ich davon ausging, dass so ein Blowjob eben zum Sex dazugehört. Der Typ, mit dessen Penis ich da in meiner Mundhöhle rumstocherte, schob mich irgendwann beiseite und holte sich stattdessen einen runter. Ich war froh, den permanenten Brechreiz, den meine Technik bei mir auslöste, endlich los zu sein. Und trotzdem schämte ich mich nach diesem ersten Mal so sehr, dass ich nie wieder einen Blowjob geben wollte.

Ich muss wohl nicht dazusagen, dass es nur wenige Monate dauerte, bis ich dem Blasen eine zweite Chance gab. Ich war mit diesem Typen zusammen, den ich richtig geil fand, und hatte plötzlich zum allerersten Mal überhaupt das Bedürfnis, einen Schwanz zu lutschen. Nicht, weil er das wollte, sondern ich. Als er seinen Saft in meinen Mund spritzte, war das für mich ein »Aha-Erlebnis«. Ich wollte nie wieder etwas Anderes tun, als Männern (und später auch Frauen) einen zu blasen. In dem Moment, als ich das Sperma dieses Typen so unauffällig wie möglich in ein Taschentuch spuckte, wurde mir klar, dass es bei Blowjobs wie bei so vielem anderen eben nicht darum geht, es besonders gut zu machen, sondern darum, es mit Leidenschaft zu tun. Diese Leidenschaft ist nämlich das, was Sex wirklich ausmacht und somit das, was Sex wirklich, wirklich gut macht. Solange du das nicht verinnerlicht hast, wirst du schlecht im Bett sein. Auch wenn du dir die Mühe machst, dabei möglichst lustvoll auszusehen und das Sperma eines Typen zu schlucken, als wäre es Schnaps.

Offenbar haben die meisten Menschen in meinem Umfeld allerdings nur Oralverkehr, weil sie denken, ihr Partner würde das von ihnen erwarten. Der Satz »Ich blase meinem Freund einen, weil er mich eben auch leckt«, hängt mir mittlerweile echt zum Hals raus. Verdammt, macht doch einfach keine Dinge, auf die ihr keinen Bock habt! Ihr könnt euch noch so viele verschiedene Techniken aneignen – wenn ihr keine Lust auf eine Sache habt, werdet ihr nie die Sexgöttin oder der Sexgott sein, für den ihr euch gerne haltet.

Eine Bekannte von mir bat mich einmal, ihr an einer Zucchini zu demonstrieren, wie man so richtig gut bläst, weil sie ihrem neuen Lover eine Freude machen wollte. Ich muss wohl nicht dazu sagen, dass sich meine Künste in Sachen Fellatio herumgesprochen haben und dass ich auf diese Tatsache auch stolz bin, weshalb ich anderen Menschen gerne mit Rat und Tat beistehe, wenn sie nicht wissen, was sie mit einem Penis im Mund eigentlich anstellen können. Bei meiner Bekannten allerdings stieß ich sehr schnell an meine Grenzen. Es stellte sich nämlich heraus, dass sie die schlechteste Schwanzlutscherin der Welt ist. Weil sie sich vor Schwänzen ekelt. Ich hingegen bin im Gegensatz zu ihr die Queen der Blowjobs. Weil es für mich eben fast nichts Schöneres gibt, als meinen Partner oral zu befriedigen. Außer vielleicht selbst geleckt zu werden oder mir meinen Strap-on lutschen zu lassen. Die Annahme, dass Lesben nicht auf Blowjobs stehen, ist nämlich genauso falsch wie die, dass sich heterosexuelle Frauen nur in den Arsch ficken lassen, weil ihre Männer das so wollen! Warum saugen sich sonst so viele Lesben gegenseitig an ihren Umschnallschwänzen aus Plastik rum? Die Antwort ist simpel: weil es verdammt geil ist.

Es ist allerdings auch so, dass kein Freund, keine Freundin, keine Zeitschrift, kein Porno dieser Welt und nicht einmal deine Mutter dir zeigen können, wie du richtig Schwänze lutschst. Was deinem Partner gefällt, wirst du nur herausfinden können, wenn du ihm einen bläst und schaust wie er reagiert – aber dazu musst du Schwänze eben lieben. Manche Typen finden es geil, wenn du ihre Eier leckst. Manche wollen, dass du sie komplett in den Mund nimmst, und andere wiederum können es gar nicht leiden, wenn du ihre Klöten auch nur sanft berührst. Manche Kerle wollen dich mit ihren Schwänzen am liebsten fast zum Kotzen bringen und geilen sich an deinen Würgegeräuschen auf, andere hingegen fahren voll drauf ab, wenn du nur ganz leicht ihre Eichel leckst. Einige wollen, dass du beim Blasen deine Hände benutzt, andere fesseln sie dir lieber direkt auf den Rücken. Alles in allem geht es jedoch lediglich darum, dass sie spüren können, dass man Lust dabei empfindet. Blowjobs müssen sich anfühlen, als wäre Schwanzlutschen für die Person, die selbigen gerade im Mund hat, die beste Sache der Welt – was es richtig gemacht übrigens auch ist.

Eine weitere falsche Annahme in Bezug auf Fellatio ist, dass Männer erwarten, dass man ihre komplette Ladung Sperma schluckt. Ernsthaft, Mann: In dem Moment, wo der Kerl abgespritzt hat, ist ihm vollkommen egal, ob du seinen Saft nun wie ein braves Mädchen trinkst oder doch lieber ausspuckst. Du solltest vielleicht nicht die Angela Ermakova pullen oder ihm mitteilen, wie widerlich das Zeug doch schmeckt, aber sonst ist wirklich alles erlaubt. Man muss sich ja auch nicht zwangsläufig in den Mund spritzen lassen. Es gibt ja noch den Rest vom Gesicht. Oder die Brüste. Meinetwegen sogar das Stofftier, das bei dir im Bett schläft, obwohl du über 13 bist.

Im Prinzip kann man beim Blasen also nichts falsch machen. Stimmt die Lust, stimmt auch der Blowjob. Eins ist allerdings sicher: Wenn du nicht auf Schwänzelutschen stehst, wirst du für immer schlecht darin sein. Da kannst du deinen Würgereiz auch noch so gut im Griff haben.

Mein erster flotter Dreier verlief anders als geplant

Ein flotter Dreier stand schon auf meiner »Dinge, die du unbedingt mal machen musst«-Liste, seit ich zum ersten Mal davon gehört hatte. Meine Idealvorstellung bestand dabei immer aus mir, einer weiteren Frau und einem Mann. Ich wollte Muschi und Schwanz gleichzeitig. Die anderen Konstellationen – also ich und zwei Männer oder ich und zwei Frauen – fand ich zwar in meiner Vorstellung auch extrem geil, für mein erstes Mal sollten es aber eben ein Typ und eine Tussi sein.

In meiner Vorstellung war bereits alles konkret durchgeplant. Von den Partnern – ich wusste genau, dass es zwei Fremde sein sollten, die ich nie wiedersehen würde –, über den Moment bis hin zum genauen Ablauf des Geschlechtsakts. Natürlich kam alles ganz anders als in meiner Fantasie, wie das eben immer ist, wenn man sich eine Situation genauestens in Gedanken ausmalt.

Mein erster flotter Dreier passierte tatsächlich total spontan. Ich erzählte meiner damaligen männlichen Affäre Tristan von meiner ultrascharfen Freundin Nadja, auf die ich nun schon einige Monate stand. Halb im Scherz und halb im Ernst schlug er vor, dass ich sie ja mal fragen könne, ob sie nicht Lust auf Sex zu dritt hätte. Ich schlug ihm die Idee sofort aus dem Kopf, der Gedanke an einen Dreier mit ihm und einer meiner Freundinnen ließ mich allerdings nicht los. Im Kopf ging ich die Liste der Mädchen, die in Frage kamen, durch und blieb schließlich bei Nadja hängen. Ich wollte sie sowieso schon seit längerem ficken, wusste aber nie so genau, ob sie auch auf Frauen stand. Das war meine Chance, es herauszufinden.

Ich verabredete mich noch für den gleichen Abend mit Nadja in unserer Stammbar und erzählte ihr ganz unverblümt von meiner Idee, einen flotten Dreier mit ihr und Tristan zu haben. Sie war zwar – ebenso wie meine Affäre und ich – in dieser Hinsicht noch jungfräulich, aber nicht abgeneigt. Wir redeten eine ganze Weile über Vorstellungen und Ängste und stellten dabei fest, dass uns das tierisch anmachte, wir uns aber definitiv noch Zeit lassen und alles noch mal in Ruhe für uns überdenken wollten. Und dass wir auf alle Fälle erst mal auf ein »normales Date« zu dritt gehen wollten, damit Nadja und Tristan sich kennenlernen konnten, bevor wir alle miteinander ins Bett gingen.

Als Nadja auf dem Klo war, kam mir dann die glorreiche Idee, dass ich ja Tristan eigentlich gleich zu uns in die Bar einladen konnte. Zwanzig Minuten später war er dann auch da und Nadja, der ich nichts davon erzählt hatte, überrascht. Wir kippten einige Gin Tonics miteinander, und die beiden verstanden sich ausgezeichnet. Von Sex war allerdings nie die Rede. Bis … na ja … bis ich sie spontan unter irgendeinem billigen Vorwand mit in meine Wohnung schleppte.

Dort tranken wir weiter, hörten Musik und sprachen über alles Mögliche. Wobei eigentlich nur Nadja und ich richtig quatschten, Tristan saß die meiste Zeit daneben und beäugte uns argwöhnisch. Als uns irgendwann die Gesprächsthemen auszugehen drohten und wir auch schon ziemlich gut dabei waren, sprach ich das, was mir schon die ganze Zeit im Kopf herumging, einfach laut aus. »Und? Ficken wir jetzt? Ihr habt euch ja jetzt kennengelernt, von mir aus können wir es gleich treiben.«

Stille.

Nadja rettete die Situation schließlich, als sie nach einigen Momenten »Okay!« sagte und anfing, mich zu küssen. Lang sam. Zärtlich. Ich zog ihr das Shirt und den BH aus, wobei ich zu meinem Erstaunen feststellte, dass ihr rechter Nippel gepierct war. Dieses kleine Luder hatte mir doch tatsächlich nichts davon erzählt! Während sie und ich uns immer mehr der Kleidung erledigten und gegenseitig unsere Körper erforschten, hatte sich Tristan bereits ausgezogen und rieb seinen harten Schwanz, während er uns zusah. Ich rollte mich von Nadja herunter und fing an, ihn langsam zu lutschen. Schnell war meine Freundin an meiner Seite, und wir nahmen abwechselnd Tristans Schwanz in den Mund, spielten mit seinen Eiern und küssten uns zwischendurch immer wieder leidenschaftlich. Es war echt wie im Porno.

Nach einer Weile schob Tristan uns zur Seite, holte ein Kondom hervor und zog es über seinen steifen Penis. Unterdessen vergnügte ich mich noch ein bisschen mit Nadja, die mir die Muschi leckte, während ich ihr dabei zusah. Tristan kniete sich hinter sie und begann, sie währenddessen im

Doggy Style zu nehmen. Es war ein geiler Anblick. Und natürlich ein geiles Gefühl.

Ich wollte Nadja aber auch noch unbedingt ficken. Wie es mit Tristan war, wusste ich ja bereits. Auf seinen Schwanz konnte ich also in diesem Augenblick getrost verzichten. Ich wand mich unter Nadja hervor, küsste zuerst Tristan und dann noch einmal sie, bevor ich ihn bat, kurz mit dem Ficken aufzuhören, damit ich Nadja lecken konnte. Sie drehte sich vor mir auf den Rücken und spreizte die Beine. Gott, schmeckte dieses Mädchen gut! Ich ließ zwei Finger in sie gleiten und versuchte dabei, den Rhythmus beizubehalten, den Tristan zuvor vorgegeben hatte. Der konnte es kaum erwarten, seinen Schwanz wieder in ihre feuchte Möse zu schieben, und so gab ich Nadjas Muschi mit einem breiten Grinsen wieder frei. Sofort war Tristan wieder zur Stelle und fickte Nadja weiter, während ich mich ihr diesmal von der anderen Seite näherte, um währenddessen ihre Muschi weiter zu lecken. Das gestaltete sich allerdings als äußert schwierig, weil Tristans Leiste mir permanent gegen den Kopf stieß. Also entschied ich mich dazu, den beiden einfach nur zuzusehen, während ich es mir selbst machte. Es dauerte nicht lange, bis ich kam, und auch Nadja klang, als wäre sie kurz davor. »Fick sie richtig für mich durch«, wies ich Tristan an, und er gehorchte. Nadja explodierte förmlich vor meinen Augen, und es war ein geiles Gefühl, ihr dabei zuzusehen. Tristan zog seinen Schwanz aus ihr raus, streifte schnell das Kondom ab und kam auf ihre Titten, die ich im Anschluss ableckte, weil ich auch etwas von seinem Sperma haben wollte.

Danach blieben wir noch eine Weile zu dritt liegen, sprachen nicht, sondern rauchten nur. Nadja blieb über Nacht, während Tristan sich wenig später auf den Nachhauseweg machte. Am nächsten Tag wachten wir beide ziemlich verkatert aber glücklich auf. Irgendwie spürten wir, dass unsere Freundschaft zueinander jetzt noch enger war als vorher schon. Und: Wir wollten das wieder machen. Aber diesmal mit einem Typen, den sie aussuchte.

Je mehr Menschen du fickst, desto ehrlicher bist du zu dir selbst

Kürzlich lag ich mit einem Mann, den ich sehr mag, im Bett und sprach mit ihm über Beziehungen, während wir uns einen Joint teilten. Ganz allgemein. Ich bin seit knapp zwei Jahren Single, er etwa ein halbes, und seit ungefähr vier Monaten schläft er nun mit mir. Er ist nicht der einzige Kerl, der mich fickt, doch ich bin zurzeit sein einziges Mädchen.

Wir liegen also in seinem Bett und sprechen über Beziehungen. Monogam müssen sie sein, sagt er streng, und weil er wisse, dass ich das nicht könne, würde zwischen uns auch nie mehr laufen als Sex. Monogamie, das sei ein Konzept, von dem man ja heute, wo alle nur in offenen Beziehungen leben, gar nicht mehr sagen dürfe, dass man es gut findet und lebt.

Monogamie, das klingt so schön romantisch – doch können wir diese Art von Romantik denn heute überhaupt noch verwirklichen? Ich muss an einen Post denken, den ich auf Facebook sah. Er kam von einer Frau, die ich fast nur aus Erzählungen kenne, mit der ich aber doch verbunden bin. Der Wortlaut war etwa der gleiche, nämlich dass Monogamie etwas Gutes sei, und es zeigten vierundzwanzig Daumen hoch.

Ich brauchte dreizehn Sekunden, um eine Antwort zu verfassen, doch abschicken konnte ich sie nicht.

Ich ficke nämlich ihren Freund.

Drei Straßen weiter sitzt mein bester Kumpel und ist in derselben Situation.

Er fickt nämlich besagte Frau.

Ich nehme die Hand des Mannes, der neben mir liegt, und frage: »Bist du noch nie fremdgegangen?« Er antwortet: »Ich war noch nie treu«, und da wird mir plötzlich klar, dass ich nicht das einzige Mädchen bin, das er fickt. Ich denke zurück an meine eigene Vergangenheit und die Erfahrungen, die ich mit Untreue gemacht habe. Mein Vater hat meine Mutter betrogen, da war ich elf. Ich weiß das, weil ich ihn einmal mit seiner Affäre im Bett erwischt habe. Sechs Jahre später bin ich zum ersten Mal einem meiner Freunde fremdgegangen – wenn man die zahlreichen Nächte, in denen ich meine Finger in andere Mädchen gesteckt habe, außer Acht lässt. Sieben Wochen nach meinem Seitensprung erfuhr ich, dass er nach dem schriftlichen Mathe-Abi eine Andere geschwängert hatte. Ich machte Schluss, köpfte eine Flasche Sekt und freute mich, dass wenigstens ich schlau genug war, Kondome zu benutzen. Auf ihn sauer war ich nie. Wohl aber auf mich, weil ich nicht ehrlich zu ihm war.

Über Monogamie gesprochen habe ich das erste Mal mit einundzwanzig. Mittlerweile wusste ich, dass ich pansexuell war, auch wenn ich das Wort dafür nicht kannte und bis heute ein Problem damit habe, meiner Sexualität überhaupt irgendein bescheuertes Wort zu geben, nur damit andere mich in eine ihrer vielen Schubladen einordnen können. Ich knutschte wie so oft mit einem Mädchen, eine Hand an ihrer Brust. Mein Freund saß an der Bar und trank ein Bier, und als ich mich von der fremden Frau löste, um einen Schluck von ihm zu nehmen, stellte er stumm sein Glas vor mich und ging.

Erst Tage später gestand er mir, dass er eifersüchtig war, und wir verstrickten uns in eine Diskussion. »Ein Mann kann mir nicht das geben, was eine Frau mir geben kann, und andersrum«, sagte ich, doch ich liebte diesen Mann und willigte ein, ab sofort nur noch mit ihm zu schlafen. Fünf Monate später machte ich Schluss und schlief noch in derselben Nacht mit einer Frau.

Monogam, das bedeutet nicht nur exklusiv, sondern auch lebenslang. Doch gibt es das denn überhaupt noch? Im Laufe unseres Lebens wechseln wir die Jobs, die Autos und die Freunde. Wir wachsen einfach aus ihnen heraus, denn in einer Welt, in der uns alle Türen offenstehen, ist es schwer, sich gemeinsam zu entfalten. Immer schneller stoßen wir an Grenzen, beruflich wie privat. Diese Grenzen sind immer die anderen – doch was, wenn wir es selbst sind? Wir bauen uns selbst Schranken auf und sind zu feige, sie zu öffnen. Manchmal reicht ja schon ein klitzekleines Stück. Stattdessen aber warten wir, bis die Mauern uns einengen, und bringen sie dann mit Gewalt zu Fall. Ich sage nicht, dass wir jetzt alle polygam werden und andere Beziehungskonzepte über den Haufen werfen sollen – aber wenn wir weder lebenslang noch exklusiv sein können, dann sollten wir darüber sprechen. Ein ehrliches Gespräch kann so manches gebrochene Herz verhindern. Manchmal sogar mehrere auf einmal. Man muss Beziehungen nicht definieren. Wenn da Liebe ist, dann ist sie da. Man gehört einfach zusammen. Man gehört zusammen, doch man gehört dem jeweils anderen nicht. Ein »Wir«, das sind immer noch zwei Individuen mit eigenen Träumen, eigenen Wünschen und Zielen. Ein »Wir« muss sich entwickeln, langsam zusammenwachsen. Ein »Wir«, das lässt sich nicht erzwingen. Ich denke, dass jede Beziehung, jeder Fick und jeder Kuss für sich genommen einfach einzigartig ist. Was ich mit einem Partner, ob flüchtig oder ausgiebig, erlebe, ist immer anders als das, was mir ein anderer zu bieten hat. Sei es nun ein größerer Schwanz, eine schickere Wohnung oder einfach nur Geborgenheit und Liebe.

Dennoch glaube ich nicht, dass man Polyamorie, also das Führen von sexuellen oder Liebesbeziehungen zu mehreren Menschen gleichzeitig, lernen kann, auch wenn uns das Bücher wie »Treue ist auch keine Lösung« oder »Drei ist keiner zu viel« glauben machen wollen. Polygamie bedeutet für mich nicht, sich ausschließlich sexuelle Wünsche, die man bei einem Partner nicht bekommt, bei einem anderen zu erfüllen. Polyamorie ist kein »Rumhuren, ohne den Partner zu verletzen« und schon gar keine Ausrede für Menschen, die einfach nicht treu sein wollen.

Ich kenne keine Beziehung, die wirklich monogam ist, doch in den wenigsten davon wissen beide Partner über die sexuellen Aktivitäten des jeweils anderen Bescheid. Fast immer ist's ein Egotrip. Der eine besucht Chatrooms, um seinen Schwanz dort von fremden Frauen bewundern zu lassen. Die Browserhistory löscht er natürlich sofort.

Was, wenn seine Freundin im Netz ihre Titten zeigt? Na, dann ist sofort Schluss, ganz klar. Ein anderer greift Sexdates auf Tinder ab – über's Firmenhandy, versteht sich, die App natürlich auf dem Homescreen. Dass er auf Golden Showers, also Sex, bei dem sich ein Mensch von einem anderen anpinkeln lässt, steht, ist ihm vor seiner Freundin viel zu peinlich.

Die Letzte mietet ein Hotel über eine zweite Kreditkarte, um sich von sechs Männern gleichzeitig bumsen zu lassen, weil der Freund einfach nicht auf Gruppensex steht. Was keiner weiß, das ist auch nie passiert.

Was ich daraus lerne? Polygamie ist nicht besser als Monogamie – nur in vielen Fällen, die ich kenne und selbst erlebt habe, einfach ehrlicher. Viel ehrlicher. Mit dem Mann, der für vier Monate wie mein Zuhause war, habe ich am nächsten Morgen Schluss gemacht. Ich mag es nicht, belogen zu werden, doch noch weniger mag ich Menschen, die sich selbst belügen. Und vielleicht glaube ich genau deswegen nicht an Monogamie, sehr wohl aber an die Liebe. Wenn auch nicht an die große.

Was ist eigentlich so schlimm an Inzest?

»Sag mal, würdest du eigentlich mit deiner Schwester ficken?« Die Frage rutscht mir so raus, als ich mit meinem Kumpel Max vorm Fernseher sitze und wir eine Folge irgendeiner beschissenen Serie schauen, die das Thema Inzest behandelt. »Bäh, nee, das ist absolut eklig!«, entgegnet er sofort und schenkt sich noch mal Wein nach.

»Aber wieso denn nicht?«, hake ich nach. »Deine Schwester ist eine superattraktive Frau!«

»Mag sein«, antwortet Max, »aber sie ist eben auch meine Schwester.«

»Gut«, sage ich, »aber jetzt stell dir doch mal vor, sie wäre eine Fremde. Ein Mädchen, das du nicht kennst und dem du zufällig auf der Straße begegnest.«

»Nicht, solange sie meine Schwester ist.«

»Aber du weißt ja in dem Moment nicht, dass sie deine Schwester ist. Wie in Star Wars! Und stell dir mal einen ganz kurzen Moment vor, sie wäre nicht deine Schwester. Würdest du dann?«

»Vermutlich schon«, antwortet Max. »Also wenn sie wirklich nicht meine Schwester wäre, sondern eine wildfremde Frau, mit der ich nicht über irgendwelche Ecken und Kanten verwandt bin.«

»Aha«, sage ich, lehne mich zurück und lasse mich weiter von der Serie im Fernsehen berieseln.

Das Thema Inzest beschäftigt mich, seit ich zum ersten Mal darauf gestoßen bin, als ich im Kleiderschrank meines Vaters ein vergilbtes Pornoheftchen fand, in dem es zwei Brüder mit ihrer angeblichen Schwester trieben. Ich war zugleich angeekelt, schockiert und interessiert. Natürlich hab ich mich in dem Moment gefragt, ob mein Vater es gerne auch mal mit mir treiben würde. In diesem Moment war für mich völlig logisch, dass mein Vater irgendein abartiger Perverser war, der sich irgendwann an mir vergreifen würde. Hat er selbstverständlich nicht. Heute, viele Jahre später, ist mir klar, dass diese Vorverurteilung, die ich gegenüber ihm getroffen habe, etwas ist, das mir anerzogen wurde. Kein Inzestporno dieser Welt macht einen stinknormalen Familienvater zu einem Pädophilen. Sondern lediglich zu einem Menschen, den ein gesellschaftliches Tabu in seinen Fantasien reizt.

Meine Reaktion war in diesem Moment dennoch ganz natürlich – zumindest, wenn man nach Freud geht. Während es für kleine Kinder ganz normal ist, mit ihren Eltern zu schmusen und sie zu küssen, lösen sie sich in einer bestimmten Phase davon. Im Normalfall durch das Zutun der Eltern, die zum Beispiel Dinge sagen wie: »Du kannst deinen Papa nicht heiraten, der gehört schon zu mir«. Dadurch wird irgendwann klar: Familie ist tabu. Du musst sie anders lieben, als du deine zukünftigen Partner liebst. Für gewöhnlich ist familiär einiges schiefgelaufen, wenn zwei Geschwister, die miteinander aufgewachsen sind, sich sexuell zueinander hingezogen fühlen. Sagen zumindest Psychologen. Ein anderer Fall liegt vor, wenn die Geschwister sich nicht von klein auf kennen und dann eine sexuelle Beziehung miteinander beginnen. Das ist zwar gesetzlich immer noch verboten, wird allerdings psychologisch noch mal ganz anders behandelt. Ich verweise an dieser Stelle gerne noch einmal auf das wohl bekannteste Inzestpärchen Luke und Leia.

Inzestpornografie macht insbesondere in Deutschland einen sehr großen Teil des Marktes aus. Ich glaube, das liegt nicht daran, dass jeder dritte Mensch sich vorstellt, es mit Schwester, Bruder, Mutter oder Vater zu treiben, sondern weil es sich um ein gesellschaftliches Tabu handelt – und die sind für gewöhnlich geil. Zumindest in der Fantasie und wenn man sich nicht zwangsläufig ein eigenes Familienmitglied dabei vorstellt, sondern beispielsweise das hübsche Zwillingspärchen von nebenan.

Es gibt sie allerdings, die Menschen, die sich in einen nahen Verwandten verlieben und eine sexuelle Beziehung anstreben. Wenn wir mal kurz das außen vor lassen, was Freud dazu gesagt hat: Was ist daran bitte verwerflich, sofern diese Zuneigung auf Gegenseitigkeit beruht, beide Personen volljährig sind? Es ist eine Barriere, die in unseren Köpfen ist, und die Psychologie, die dahintersteckt, ist in meinen Augen längst überholt. Man bedenke nur mal, dass vor nicht allzu vielen Jahren Homosexualität noch bestraft und mit irgendwelchen psychischen Störungen begründet wurde. Auch wenn es mittlerweile glücklicherweise gesetzlich erlaubt ist, gleichgeschlechtliche Partnerschaften einzugehen, so ist homophobes Denken dennoch nicht aus den Köpfen vieler nicht-homosexueller Menschen auszutreiben. Vielleicht sind auch die Geschwister, die zusammen sein möchten, gar nicht psychisch krank, sondern werden nur von der Gesellschaft dazu deklariert und leiden so extrem darunter, weil ein Gesetz es ihnen verbietet, ganz normal zusammen zu sein. Man muss ja nicht alles gut finden, was andere Menschen so machen. Aber man kann zumindest akzeptieren, dass es das gibt, und zwar häufiger, als man denkt, und das Ganze auch mal entkriminalisieren. Niemand gehört für Liebe bestraft.

»Ich würde es auch nicht mit meiner Schwester tun«, sage ich, als sich das Inzest-Pärchen im TV gerade küsst. »Siehst du!«, antwortet Max. »Inzest ist nämlich ekelhaft!«

»Du hast vergessen, dass ich auch noch einen Bruder hab«, entgegne ich, und für einen Moment klappt Max tatsächlich die Kinnlade runter. Auf seine Frage, ob ich ernsthaft darüber nachdenke, mit meinem eigenen Bruder zu schlafen, gebe ich ihm keine Antwort, sondern nehme noch einen Schluck von meinem Bier. Ich weiß natürlich, dass ich das nicht tun würde. Ich weiß aber auch, dass das weniger an der Tatsache liegt, dass es sich um meinen Bruder handelt, als vielmehr um den Fakt, dass er nun wirklich gar nicht mein Typ ist.

Auch Schlampen haben Liebeskummer

Wenn ich sage, dass ich hart im Nehmen bin, dann meine ich das nicht nur im sexuellen Sinne. Ich glaube, dass ich ganz gut darin bin, Lebenskrisen zu händeln. Vielleicht, weil ich schon früh erkennen musste, dass ich irgendwie anders bin, und dadurch gelernt habe, mich ohne Hilfe durchzuboxen. Auch dann, wenn es mir alles andere als gut ging und ich am liebsten alles hingeschmissen hätte. Es gab jedoch Dinge in meinem Leben, die selbst mir regelrecht den Boden unter den Füßen weggerissen haben. Einer davon war Bjarne. Oder, wie ich ihn inzwischen nenne: der, dessen Name nicht genannt werden darf. Es ist nicht gelogen, wenn ich sage, dass ebendieser für den schlimmsten Liebeskummer meines Lebens verantwortlich war.

Ich lernte Bjarne auf Tinder kennen. Auch wenn viele Leute sagen, dass Beziehungen, die über Datingplattformen entstehen, sowieso nichts werden können, glaube ich ganz fest daran, dass es Menschen gibt, die auf diesem Weg glücklich werden. Nur gehöre ich eben nicht dazu.

Bjarne war der Erste, der auf der Plattform nicht sofort aufs Thema Sex zu sprechen kam, sondern wirklich an mir als Person interessiert schien. Ich hatte mit dem Online-Dating eigentlich schon abgeschlossen, schaute nur noch ab und zu nach, was auf Tinder eigentlich passierte, und sagte Bjarne auch, dass ich nicht auf Partnersuche war, doch er ließ nicht locker. Er würde sonst nie jemanden anschreiben, weil er sehr schüchtern sei, doch mein Profil sei so interessant gewesen, dass er nicht anders gekonnt hätte. Ich solle ihm eine Chance geben, zu beweisen, dass er nicht so sei wie die anderen Typen. Er sei auf der Suche nach echten Menschen, meinte er, nach langfristigen Beziehungen, egal welcher Art. Ich fand es naiv, fast ein bisschen süß, dass er wirklich glaubte, ich würde auf diese Masche reinfallen, doch ich gab ihm eine Chance.

In der Woche darauf telefonierten wir das erste Mal. Von abends kurz vor Mitternacht bis morgens um halb sieben sprachen wir über unsere Hobbys, Musik, Beziehungen, Familien, Studien, Literatur und verabredeten uns für wenige Stunden später, um das Gespräch bei einem Kaffee fortzusetzen. Der Schlafmangel war mir egal, ich wollte wissen, wer dieser Mensch war, der mich so sehr in seinen Bann gezogen hatte, dass ich die ganze Nacht über wachgeblieben war, um mit ihm zu reden. Wir beschlossen, unser erstes Treffen ganz authentisch zu halten. Jogginghosen, keine Schminke, nichts, das aussah, als wäre man auf einem ersten Date und wolle sich von seiner besten Seite präsentieren.

Bjarne holte mich zu Hause ab, und wir brachen gemeinsam in Lachen aus, weil uns der fehlende Schlaf so deutlich anzusehen war. Wir gingen spazieren, und ich gab die erste Runde Kaffee aus, weil sein letztes Geld, wie er sagte, für die Fahrt zu mir draufgegangen war. Ich mochte ihn, fühlte mich in seiner Nähe wohl. Er war ein guter Zuhörer. Ich sprach mit ihm über Feminismus und war beeindruckt davon, wie wissbegierig er all das aufsog, was ich ihm über Alltagssexismus und Vergewaltigungskultur erzählte. Die meisten Männer, die sich auf Tinder tummeln, hätten sich an dieser Stelle in die nächste Bahn nach Hause gesetzt, doch er blieb.

»Ich fand dich übrigens am Anfang im Vergleich zu anderen Tinder-Typen nicht nur hartnäckig, sondern ganz schön nervig«, gab ich im Verlauf des Gesprächs offen zu. Er lächelte mich an und antwortete: »Es hat sich ja ausgezahlt für uns beide.« Ich musste grinsen und zugeben, dass das irgendwie schon stimmte.

Unsere Beziehung entwickelte sich ziemlich schnell.

Wir verbrachten jeden Tag miteinander und auch fast jede Nacht, existierten nur noch für- und miteinander. Ich offenbarte ihm mein Innerstes, und auch er erzählte mir Dinge, die er noch nie zuvor jemandem anvertraut hatte. Der Sex mit ihm war absolut berauschend, und es ist nicht gelogen, wenn ich sage, dass die Beziehung zu ihm besser war als jede Droge, die ich bisher probiert hatte. Wir nannten uns gegenseitig »Freund« und »Freundin«, und seltsamerweise hatte ich überhaupt kein Problem damit, wenn er von mir als seiner »festen Partnerin« sprach, obwohl ich solche Definitionen sonst eher ablehne.

Er sprach davon, dass er sein Leben für immer mit mir teilen wolle, redete sogar vom Zusammenziehen. Irgendwann kam er sogar aufs Heiraten zu sprechen, und zum allerersten Mal wollte ich bei diesen Sätzen nicht davonlaufen. Ich konnte mir wirklich vorstellen, bis ans Ende meiner Tage mit diesem Mann zusammen zu sein. Er schien einfach perfekt für mich.

Bjarne und ich waren gerade einmal etwas über zwei Monate zusammen, als sich plötzlich alles änderte. Von einem Tag auf den anderen war er für mich nicht mehr erreichbar. Obwohl wir uns am Abend zuvor noch gesehen, miteinander geschlafen und uns die ewige Liebe geschworen hatten, blieben am Tag darauf meine WhatsApp-Nachrichten auf »nicht zugestellt« stehen. Auch meine Anrufe gingen nicht durch. Im ersten Augenblick dachte ich mir nichts weiter dabei, außer dass er vielleicht sein Handy verloren oder versehentlich kaputtgemacht hatte. Ich beschloss, erst einmal abzuwarten. Bei diesem Kerl konnte es immer sein, dass er in irgendeiner Bar versackt war oder bei einem seiner Kumpels saß. Ich war mir sicher, dass er sich bei mir melden würde, sobald er die Möglichkeit dazu hatte.

Ich wartete fast eine Woche lang vergebens auf ein Lebenszeichen von ihm, ehe ich weitere Nachforschungen anstellte. Als ich sah, dass er auch sein Tinder-Profil gelöscht hatte und auch bei Facebook und Instagram nicht mehr auffindbar war, begann ich, nervös zu werden. Kurzerhand packte ich das Nötigste zusammen und fuhr zu seiner Wohnung. Ich klingelte eine gefühlte halbe Stunde, bis endlich einer seiner Mitbewohner mir die Tür öffnete. Und mir geradeheraus mitteilte, dass Bjarne zwar zuhause sei, aber mich nicht sehen wolle. Er fragte sogar, ob ich mir das nicht selbst hätte denken können, wo Bjarne mich doch überall blockiert hatte. Es sei vorbei. Ich solle das akzeptieren und ihm nicht noch hinterherlaufen wie eine Irre. Dann schlug er mir die Tür vor meiner Nase zu. Ließ mich stehen, ohne eine Antwort von mir abzuwarten. Die Strecke nach Hause muss ich wie in Trance gegangen sein. Ich weiß noch, dass ich lief, die ganzen sechs Kilometer von seiner zu meiner Wohnung, doch an den Weg kann ich mich kein bisschen erinnern. Mein Kopf war komplett leergefegt.

Ich wusste auch danach nicht, was ich tun sollte. Diese Situation und auch die Gefühle, die ich bei mir wahrnahm, waren vollkommen neu für mich. Ich hatte keine Ahnung, was ich ihm getan hatte, dass er so auf mich reagierte. Warum er den Kontakt abbrach, ohne überhaupt mit mir zu sprechen, obwohl doch alles so perfekt gelaufen war. Um ehrlich zu sein, weiß ich es bis heute nicht genau. Ich weiß aber, dass es ganze sechs Monate dauerte, bis ich über Bjarne hinweg war. Und das, obwohl unsere Beziehung nicht einmal die drei Monate geschafft hatte. Ich durchlitt das volle Programm des Liebeskummers, der sich zeitweise anfühlte, als würde ich von innen heraus aufgefressen werden. Irgendwie war es, als hätte ich den einen Menschen, der für mich bestimmt war, verloren. Es fühlte sich an, als sei er tot, obwohl ich sehr gut wusste, dass er quicklebendig war.

Sechs Monate lang schlief ich kaum, war fast ausschließlich betrunken und fickte mich so durch die Gegend in der Hoffnung, mich von dem, was in mir vorging, abzulenken. Es half nicht. Ich dachte, ich würde nie wieder glücklich werden, bis es eines Morgens im Sommer, als ich mich aus dem Bett gerollt und die Vorhänge geöffnet hatte, plötzlich einfach stoppte. Der Schmerz war wie weggeblasen. Ohne, dass ich etwas Spezielles dafür getan hätte. An dem Spruch, dass die Zeit alle Wunden heilt, scheint also etwas dran zu sein.

Warum ich allerdings so heftig und mit so viel Emotion auf etwas, das man im Nachhinein nur als missglückte Affäre bezeichnen kann, reagierte, kann ich mir bis heute genauso wenig erklären wie sein plötzliches Verschwinden. Was ich dabei für mich mitnahm, ist, dass manche Menschen einfach unsichtbare Probleme haben und dass hartgesottene Schlampen wie ich tatsächlich auch Herzschmerz empfinden können, der durch Mark und Bein geht. Aber auch, dass man immer wieder glücklich wird. Selbst dann, wenn man denkt, man könne es nie wieder sein.

Nur wenn du es dir selbst richtig gut besorgen kannst, kannst du auch andere Menschen befriedigen!

Ich bin immer wieder erstaunt darüber, wie wenig. Menschen ihren eigenen Körper eigentlich kennen, sich aber intensiv damit befassen, wie sie ihren Partnern Lust bereiten können. Sie sind zwar vollends damit beschäftigt, herauszufinden, was ihr aktueller Fick so geil findet, haben aber keine Ahnung, wie ihr eigener Körper eigentlich tickt.

Die Frage »Was findest du eigentlich geil?« können manche Menschen einfach nicht beantworten. Oder sie antworten einfach mit »Naja, du weißt schon ... Sex. Blowjobs. Das Übliche.« Was ist das denn bitte für eine Aussage? Sex ist ja wohl nicht gleich Sex. Und man muss doch wenigstens ein bisschen wissen, auf was der eigene Körper so reagiert, bevor man sich auf einen Partner einlassen kann, oder nicht? Zum Beispiel, ob man es geil findet, beim Ficken in die Nippel gekniffen zu werden, sich den Arsch fingern zu lassen oder zumindest, ob man vaginal oder klitoral die geileren Orgasmen hat. Man muss ja nicht gleich sämtliche Fetische aufzählen, die man so hat, angefangen davon, dass man auf Füße steht, bis dahin, dass man sich gerne in Frischhaltefolie einwickeln und auf den Bauch kacken lässt. Aber etwas genauere Ausführungen als »das Übliche« sollten dann schon drin sein, schließlich stellt sich darunter auch jeder etwas anderes vor. Ich jedenfalls möchte mich nicht eines Tages geknebelt und gefesselt in einem Bunker wiederfinden, nur weil ich meinem Partner keine konkrete Antwort auf die Frage geben konnte, was ich gut finde, und für ihn nun mal Fesselsex in Kellern üblich ist.

Unsere Gesellschaft ist mittlerweile zum Glück so weit, dass man (auch als Frau) offen zugeben kann, wie gerne man sich selbst die Pflaume krault oder einen von der Palme wedelt. Alleine diese Begriffe lösen in mir allerdings einen fiesen Brechreiz aus, weil sie ein völlig falsches Bild von Selbstbefriedigung vermitteln. Oder findet es irgendjemand wirklich geil, die Sache so schnell wie möglich mit ein bisschen kraulen hier und ein bisschen wedeln da hinter sich zu bringen? Ich wage das zu bezweifeln. Selbstbefriedigung ist eine Sache, die man zelebrieren sollte.

Wenn ich es mir selbst mache, nehme ich mir Zeit dafür. Natürlich schaffe ich es, mich selbst innerhalb kürzester Zeit zum Orgasmus zu bringen, ohne dass meine Muschi überhaupt feucht wird, aber Befriedigung geht halt schon anders. Ich weiß, wie mein Körper tickt, wie er gebaut ist. Das heißt aber noch lange nicht, dass ich auf das, was da passiert, auch stehe. Was mich bei der Selbstbefriedigung wirklich kickt, ist nicht zwangsläufig, dass ich am Ende einen Orgasmus habe, sondern vielmehr der Weg dahin. Angefangen von den ersten sanften Berührungen meiner Vagina bis dahin, wo ich mich hart mit einem Dildo ficke, bis ich komme und danach glücklich und zufrieden ins Kissen sinke.

Meinen ersten Orgasmus hatte ich eher zufällig. Ich lag in meinem Kinderzimmer und spielte im Halbschlaf ganz unbedarft mit meiner Muschi, als es mich plötzlich überkam, dieses krasse Gefühl, das ich bis heute nicht in Worte fassen kann. Mir war nur klar, dass das mein erster Orgasmus gewesen sein musste – lange nachdem ich das erste Mal mit einem Kerl im Bett war. Und er war gut. So gut, dass ich es direkt noch mal fühlen wollte.

Von diesem Zeitpunkt an war ich regelrecht besessen von Orgasmen. Nachdem ich das erste Mal gekommen war, hab ich den ganzen Rest der Nacht und die Hälfte des darauffolgenden Tages nur mit Masturbieren verbracht, doch egal, wie viele Orgasmen ich mir in diesem Zeitraum verschaffte, keiner war so geil wie der erste, den ich durch puren Zufall hatte. Vermutlich lag es einfach daran, dass ich mir wie eine Besessene den Kitzler rubbelte, wie ich das aus Pornofilmen kannte, statt intuitiv auf das zu hören, was mein Körper mir sagte. Befriedigt hat mich letztendlich hauptsächlich die Tatsache, dass ich nun wusste, was ein richtiger Orgasmus ist und wie man ihn bekommen kann.

In den darauffolgenden Wochen probierte ich viel aus. Ich steckte mir zum Beispiel Eddinge, über die ich vorher ein Kondom gezogen hatte, in die Muschi. Nicht, weil ich Angst vor irgendwelchen Keimen hatte, sondern weil ich nicht wollte, dass der Geruch meines Geschlechts daran haften blieb. Wäre in der Schule bestimmt ziemlich blöd gekommen, so ein Edding, der nach Muschi riecht. Ich musste allerdings schnell feststellen, dass dieses Geficke mit Stiften mir wenig bis gar nichts gab. Damit war mir dann auch klar, warum ich Penis-in-Vagina-Sex bisher nicht wirklich geil fand: Ich fühlte eben einfach nichts, obwohl ich durchaus in der Lage war, auch auf diese Art zu kommen, wenn ich mir nur genug Mühe gab. Befriedigung fühlte sich für mich trotzdem anders an. Meine Liebe zu vaginalen Orgasmen entdeckte ich erst sehr viel später. Und zwar auch während der Selbstbefriedigung. Bis heute probiere ich ständig neue Dinge aus, um mich selbst zum Höhepunkt zu bringen. Man lernt schließlich nie aus.

Vermutlich wichsen die meisten Menschen allerdings genau so, wie sie es sich in ihrer Jugend angewöhnt haben. Logisch, so kommt man schließlich am schnellsten zum Ziel, das da eben Orgasmus heißt. Nur dass ein Orgasmus in meinen Augen absolut nichts darüber aussagt, ob der Sex – oder in diesem Fall die Selbstbefriedigung – auch wirklich so befriedigend war, wie das Wort einen glauben lassen will. Wie beim Ficken gehört hier eben auch dazu, dass man es richtig macht und genießt, was man tut. Und zwar jede einzelne Bewegung, die man ausführt. Ansonsten kann man es auch gleich lassen. Sex nur um des Orgasmus willen ist in etwa so wie nur zu essen, um am Ende satt zu sein. Mittel zum Zweck, aber nicht mehr.

Selbstbefriedigung hat mich viel über meinen eigenen Körper gelehrt. Ich empfinde das als äußerst wichtigen Teil meiner Entwicklung, und zwar nicht nur auf der sexuellen Ebene. Ich hab zum Beispiel in einem Selbstversuch gemerkt, dass ich krass auf Arschficks stehe und dass ich in der Lage bin, alleine durch die Berührung meiner Nippel zum Orgasmus zu kommen. Oder dass es Tage gibt, an denen ich weniger feucht bin als an anderen, und dass das nicht von der Intensität meiner Erregung abhängt, sondern vor allem auch von meinem Zyklus oder davon, ob ich zuvor genug oder doch eher zu wenig Wasser getrunken habe. Dazu hab ich keine dämlichen Anleitungen aus dem Internet oder Möchtegern-Ratgebern gebraucht, sondern einfach Zeit für mich und meine Geschlechtsorgane. Ich zog mir Unmengen an pornografischer Literatur rein, um ein Gefühl dafür zu bekommen, was mich in meiner Fantasie richtig geil macht. Die Standard-Pornos auf VHS (Blowjob, Vaginalfick, Analfick und zum Schluss spritzt der Typ dann seinen Samen auf den Körper oder ins Gesicht der Frau) waren es nämlich nicht. Das wusste ich bereits, seit ich zum allerersten Mal einen Erotikfilm gesehen hatte. Sex findet im Kopf statt, sagt man immer, und nachdem ich mich wirklich intensiv mit meinem Körper beschäftigt habe, kann ich sagen, dass das zu großen Teilen stimmt. Wenn ich zur Vorstellung, wie Thom Yorke mich von hinten fickt, während er mir an den Haaren zieht, masturbiere, ist das schon wesentlich geiler, als zu einem schlecht gemachten Amateurfilm auf YouPorn zu wichsen – auch wenn das auf gewisse Art und Weise ebenfalls seinen Reiz hat.

Ich testete verschiedene Dildos, Vibratoren, Buttplugs, Nippel- und Muschiklemmen auf unterschiedliche Arten und

Weisen und stellte alleine dabei erhebliche Unterschiede fest. Nicht nur zwischen den einzelnen Materialien, aus denen die Dinger gemacht werden, sondern auch in ihrer Wirkung auf meinen Körper. Manche Sexspielzeuge entpuppten sich dabei für mich als äußerst unangenehm, auch wenn sie im Sexshop als noch so gut angepriesen wurden. Das alleine zeigt eigentlich schon, wie individuell ein Körper tickt und dass man sich eben nicht alles, was man so findet, reinstecken kann und es dann automatisch geil findet. Sex ist nur gut, wenn er richtig gemacht wird – und was für einen selbst richtig ist, lässt sich am besten bei einem Selbstversuch herausfinden, weil man da nicht unter dem Druck steht, eine andere Person zu befriedigen, sondern sich alleine auf sich selbst konzentrieren kann.

Die intensive Beschäftigung mit Selbstbefriedigung hat mir allerdings nicht nur gezeigt, dass ich offenbar eine Vorliebe für alternde Rockmusiker und elektronisches Sexspielzeug habe, sondern eben auch, wie Sex für mich funktioniert. Alles, was ich dabei gelernt habe, kann ich jetzt auch an die Menschen, mit denen ich ficke, weitergeben, indem ich ihnen genau zeige, was mir gefällt. Und das ist eben nicht »Naja, du weißt schon … Sex. Blowjobs. Das Übliche.«, sondern viel mehr. Außerdem finde ich es irgendwie heiß, es mir vor anderen Menschen selbst zu machen – und ihnen dabei zuzusehen, wie sie sich vor meinen Augen zum Orgasmus bringen. Alleine dafür lohnt es sich, regelmäßig mit sich selbst zu spielen.

Und wenn ich beim Sex doch mal nicht das kriege, was ich will (und damit meine ich nicht notgedrungen einen Orgasmus, sondern eben einen richtig geilen Fick), kann ich mich danach wenigstens ganz ohne Frust anziehen, nach Hause gehen und es mir erst mal ordentlich selbst besorgen. Und zwar so, dass es wirklich geil ist und nicht bloßer Druckabbau.

Menstruationstassen sind eine Wissenschaft für sich

Meine Menstruation ist mir sehr wichtig. Nicht, weil sie mich zur Frau gemacht hat, sondern weil ich durch sie sichergehen kann, dass ich nicht versehentlich geschwängert wurde. Obwohl ich wirklich sehr stark auf Verhütung achte, ist da immer dieses Gefühl, dass vielleicht doch etwas schiefgegangen sein könnte. Es ist eigentlich totaler Schwachsinn, weil man mit Kondomen gar nicht so viel falsch machen kann, aber es ist nun mal mein größter Albtraum, Mutter zu werden. Deshalb stellt meine Periode jeden Monat eine große Erleichterung für mich dar.

Was mich an ihr jedoch jeden Monat aufs Gleiche stresst, sind nicht nur die damit verbundenen Schmerzen, die Pickel, die Kraftlosigkeit und die schlechte Stimmung, unter der ich dann leide, sondern vor allem die sogenannte Monatshygiene. Am liebsten würde ich das Blut einfach so aus mir rauslaufen lassen. Das ist aber gesellschaftlich leider nicht anerkannt. Und es würde mir vermutlich auf viele meiner Kleidungsstücke, an denen ich sehr hänge, ruinieren. Ich glaub nämlich nicht an eine sogenannte »freie Menstruation«, bei der Frauen angeblich selbst darüber entscheiden können, wann sie das Blut fließen lassen und wann nicht. Man muss also zwangsläufig auf Binden oder Tampons zurückgreifen, wenn man nicht alles vollbluten will. Beides ist irgendwie nicht so geil. Ihr glaubt gar nicht, wie sehr eine Muschi schwitzen kann, wenn man im Hochsommer gezwungen ist, sich eine dicke Binde in die Unterhose zu stopfen. Und jeder, der schon mal pissen war, während er einen Tampon trug, wird mir bestätigen können, dass das Kleben des Fadens, der dabei zwangsläufig nass wird, ein absolut widerliches Gefühl ist, das man nicht in seiner Hose haben will. Nicht, weil man weiß, dass er sich voller Pisse gesogen hat, sondern einfach, weil es unangenehm ist, auf etwas Nassem zu sitzen, das nicht von der eigenen Geilheit ausgelöst wurde.

Zum Glück der menstruierenden Frau sind nun schon seit geraumer Zeit so genannte Menstruationstassen auf dem Markt. Das sind kleine Silikonbehälter, die das Blut noch in der Vagina abfangen. Nur ohne Faden. Vorteile hat so eine Tasse zumindest laut Hersteller einige: Die Muschi wird nicht wie bei Tampons, die ja aus Watte bestehen, ihrer natürlichen Feuchtigkeit beraubt. Dadurch entstehen angeblich weniger Pilze. Man muss sich auch keine dicke Einlage in die Unterhose stopfen, sondern kann getrost weiter schmale Stringtangas tragen, während man blutet. Durch ihre Wiederverwendbarkeit (eine Tasse hält angeblich bis zu zehn Jahre) ist sie außerdem sehr umweltfreundlich, da kein überflüssiger Abfall produziert wird. Man kippt das aufgefangene Blut einfach ins Klo, spült ab und damit hat sich die Sache. Die Menstruationstasse wird dann kurz ausgespült und wieder eingesetzt. Im Gegensatz zu Tampons kann sie sogar bis zu acht Stunden an ihrem Ort verbleiben, bevor sie geleert werden muss. Ist die Periode vorüber, wird das Tässchen in heißem Wasser ausgekocht, um es von Bakterien zu befreien, und in einem kleinen Säckchen aufbewahrt, bis die nächste Menstruation bevorsteht.

So weit, so gut. Wäre da nicht das Problem, dass Menstruationstassen im Gegensatz zu anderen Monatshygieneartikeln wirklich kompliziert anzuwenden sind. Das beginnt schon bei der Auswahl der richtigen Tasse. Es gibt verschiedene Größen und Härtegrade, die sich an unterschiedliche Frauen richten. Zum Beispiel wird bei der Auswahl auf den Websites häufig zwischen Frauen, die noch kein Kind geboren haben, und denen, die auf natürlichem Weg ein Kind zur Welt gebracht haben, unterschieden. Dann soll man aber auch noch genau wissen, wie gut die Beckenbodenmuskulatur generell so ist, weil auch das eine Rolle spielt. Für Frauen, die mit ihrem Körper so an sich recht unerfahren sind, fallen Menstruationstassen da eigentlich schon raus. Sie sind nämlich vergleichsweise teuer, und so kann man nicht einfach mal ausprobieren, welche am besten zum eigenen Körper passt.

Ich kenne meinen Körper relativ gut und konnte somit auch ziemlich schnell eine Auswahl treffen. Es war trotzdem mit erheblichem Zeitaufwand verbunden, da es einfach so viele unterschiedliche Anbieter gibt und man nicht die Chance hat, einfach mal in einen Laden zu gehen und sich die Dinger anzusehen, sondern blind drauflloskaufen muss.

Als das Teil dann endlich bei mir ankam, konnte ich meine nächste Menstruation noch weniger erwarten als sonst. Natürlich beschäftigte ich mich ausführlich mit dem beigelegten Zettel, wie man die Tasse richtig anwendet, entschied mich aber dann dazu, es einfach auszuprobieren, wenn ich meine Tage habe.

Was soll ich sagen? Die ersten Versuche waren eine komplette Katastrophe. Das Einsetzen war furchtbar schwierig, und mein Menstruationsblut landete wirklich überall, nur nicht in der dafür vorhergesehenen Tasse. Das Internet war mir bei meinem Problem keine große Hilfe. Die meisten Seiten, auf denen man etwas zu Menstruationstassen finden konnte, waren gefüllt mit Kommentaren, wie eklig das doch sei, also mit dem eigenen Blut so direkt in Berührung zu kommen. Nein, es ist nicht eklig. Es ist absolut natürlich. Zumal man nicht mehr mit Blut in Berührung kommt als bei der Benutzung eines Tampons oder einer Slipeinlage. Solche Sätze können nur von Leuten stammen, die noch nie eine Menstruationstasse benutzt haben.

Ich war jedenfalls auf mich alleine gestellt. Mit der Zeit bekam ich allerdings heraus, wie man die Tasse so einsetzt, dass das Blut tatsächlich darin landet und nicht daneben. Ich stellte auch fest, dass ich nicht den richtigen Härtegrad gewählt hatte. Mit einer neuen Tasse und Informationen, die ich mir selbst angeeignet hatte, lief alles wesentlich besser. Mittlerweile ist sie neben Ibuprofen zu meinem heiligen Gral der Menstruation geworden. Ich will sie nie wieder missen. Schade ist nur, dass ich das alles für mich selbst herausfinden musste. Mit ein paar mehr Infos und Erfahrungsberichten anderer Benutzerinnen auf den entsprechenden Websites könnte man bestimmt viel mehr Frauen von den Vorteilen dieser Art der Monatshygiene überzeugen.

Ich finde auf jeden Fall gut, dass man sich durch die Tasse gezwungenermaßen mehr mit seinem Körper beschäftigt. Bei mir ist auch einer der Hauptgründe, warum ich bei dem Mooncup bleiben will, der, dass ich mit Tampon deutlich mehr Schmerzen habe. Leider mangelt es, was das Produkt betrifft, generell an Aufklärung. Ich hoffe, dass sich das in den nächsten Jahren ändert. Mit der richtigen Tasse und dem Wissen, wie man sie korrekt anwendet, kann man die eigene Menstruation nämlich zumindest ein bisschen angenehmer gestalten, als sie eigentlich ist.

Wenn dein Ego stimmt, ist die Größe deines Schwanzes egal

Es war ein noch recht kalter Frühlingstag, und ich saß mit meinem Kumpel Sebastian auf einer Bank in der Hasenheide. Wir hatten gerade frisches Weed gekauft und rollten eine Tüte, während Sebastians Hund auf der Wiese unsichtbaren Dingen nachjagte. Während ich darauf wartete, dass mein Kumpel mit der Tüte fertig wurde, folgte mein Blick unaufhörlich dem Köter, der gerade auf einen Busch zurannte, wo ein Typ mit heruntergelassener Hose seinen Schwanz raushängen ließ und pisste.

»Weißt du, was mir ein absolutes Rätsel ist?«, fragte ich Sebastian. »Dass Typen bei jeder Gelegenheit ihren scheiß Schwanz hervorholen und einem damit vor der Fresse rumwedeln, aber wenn's drauf ankommt, im Schlafzimmer, keinen hochbekommen. Sie verschicken ständig Fotos von ihrem ach so großen und ach so harten Schniedel, aber wenn sie dann vor dir stehen und die Hosen runterlassen, hängt dann so ein schlaffes Mini-Wini-Würstchen vor dir.«

»Was ist denn bei dir schon wieder los?«, fragte Sebastian zurück. »Schlechten Sex gehabt?«

»Nee«, antwortete ich, »gar keinen, weil ich schon wieder so einen Schlappschwanz im Bett hatte. Der war tierisch geil auf mich, aber hat einfach keinen hochbekommen und dann auch noch etwas davon gefaselt, dass seine Exfreundin seine

Sexualität ruiniert hat und dass er jetzt Zeit braucht, dass er aber unbedingt mit mir schlafen will und ich ihm Zeit geben soll. Hab ich auch, aber als ich ihm das Kondom übergezogen hab, wurde sein Schwanz halt wieder schlaff und dann kam die Ausrede, dass er Kondom ja nicht gewohnt ist, weil seine Exfreundin mit der Pille verhütet hat und, ach, es geht mir einfach auf den Sack. Weißte, komm erst mal richtig mit deinem Schwanz klar, und dann fick mich anständig. Punkt.«

»Boah, Nadine!«, meinte Sebastian und verdrehte die Augen. »Du bist aber auch echt eine Bitch, was so was betrifft.«

»Bin ich nicht!«, entgegnete ich, »Alles, was ich sage, ist: Du kannst nicht die ganze Zeit auf supergeilen Macker machen und dann, wenn es wirklich drauf ankommt, den Schwanz einziehen. Ist ja okay, wenn man mal keinen hochbekommt; ich werde auch nicht immer feucht, wenn ich geil bin, aber diese Rechtfertigungen sind einfach nervig und auch ein Riesenabturn.«

»Schätzchen, ich hab dich wirklich gerne, aber Penisse sind so. Wenn sie funktionieren sollen, funktionieren sie ganz oft nicht. Ist mir auch schon oft genug passiert. Kopfsache.«

»Ja, versteh ich, aber ich bin doch keine Therapeutin, die sich um deine komischen Penisproblemchen zu kümmern hat. Wenn du geil bist, aber keinen hochbekommst, dann mach halt irgendwas anderes. Gibt ja genug Wege, auf denen man Sex haben kann, ohne dass der Schwanz zum Einsatz kommt. Vor mir muss sich niemand dafür entschuldigen, dass er keinen Steifen kriegt.«

Sebastians Köter kam angerannt und leckte mir mit seiner feuchten Zunge über die Hand. »Ach«, seufzte ich, »warum sind Männer nicht ein bisschen mehr wie Hunde? Die denken einfach nicht nach, sondern stoßen zu, wenn sie geil sind. Und lecken können sie auch.«

»Die haben aber auch nicht den Anspruch, irgendjemanden zu befriedigen«, hakte Sebastian ein. »Die ficken, um sich fortzupflanzen, und nicht einfach so aus Spaß.«

»Glaub ich nicht«, entgegnete ich. »Dein Hund besteigt so oft mein Bein, der hat Spaß an Sex.«

»Dass wir Typen so oft Probleme mit unseren Schwänzen haben, liegt aber auch an euch Frauen«, meinte Sebastian. »Wir haben eben auch Angst, euch nicht zu reichen. Wir wollen gut sein und euch befriedigen. Das kann dem Kopf schon so sehr zusetzen, dass der Penis plötzlich nicht mehr funktioniert, obwohl wir vielleicht vor fünf Minuten noch einen Riesenständer hatten und den auch fotografiert haben.«

»Jetzt mach aber mal einen Punkt«, gab ich zurück. »Dass ihr keinen hochkriegt, ist nicht die Schuld der Frauen. Wir können nichts für eure Gedanken. Ich hab noch nie einem Typen direkt gesagt, dass mit seinem Schwanz etwas nicht stimmt. Ich bin immer sehr höflich und lobe den Penis, sage, dass er so schön groß ist und wundervoll anzusehen, dass er sich gut in mir anfühlt und gut schmeckt, dass ich ihn gerne lutsche. Und was man halt sonst noch so sagt, um das wackelige Ego eines Typen aufzubauen.«

»Mag sein«, sagte Sebastian, »und dennoch sitzt du hier und erzählst mir, was für ein Loser dein letzter Typ war. Und du bist ja nicht die Einzige. Du glaubst gar nicht, wie oft sich bei mir schon irgendwelche Freundinnen ausgeheult haben, weil ihr Kerl es im Bett nicht bringt. Natürlich trifft mich das irgendwo auch und löst Ängste in mir aus. Bei jeder Partnerin, mit der ich ficken will, muss ich Angst haben, dass sie danach zu ihren Freundinnen rennt und ihnen erzählt, wie miserabel ich bin. Ihr seid da schon für den Druck mitverantwortlich.«

»Du spinnst«, wiegelte ich ab und nahm endlich die lang ersehnte Tüte entgegen. Wir hörten auf zu reden und genossen für einen Augenblick nur, wie das Gras uns langsam zudröhnte, während die Sonne uns in die Gesichter schien.

Nach einer halben Stunde trennten sich unsere Wege, und Sebastian und sein Köter zogen ab. Dennoch hatte mich das Gespräch mit ihm nachdenklich gestimmt. Worte können extrem vernichtend sein und Dinge in Menschen auslösen, die zu diesem Zeitpunkt nicht gewollt sind. Vielleicht müssen wir Damen mit unseren Worten vorsichtiger den Männern gegenüber werden, mit denen wir nicht schlafen, uns aber gerne über Sex unterhalten. Aber trotzdem: Wenn das eigene Ego stimmt, dann ist es glatt mal egal, wie groß der Schwanz eines Mannes ist, wie oft er Frauen in der Regel zum Orgasmus bringt und was andere Menschen darüber sagen. Wenn dein Ego stimmt und du selbstbewusst bist – eine Sache, die man meiner Meinung nach sowieso nur aus sich selbst ziehen kann –, bist du ein guter Ficker.

Ich frag mich im Übrigen, ob das bei schwulen Männern auch so ist, denn bei denen findet ja tatsächlich ein Schwanzvergleich statt, wenn sie die Hosen runterlassen, oder ob es bei ihnen alles ein wenig unwichtiger ist, weil sie wissen, dass ihr Gegenüber genau die gleichen Komplexe hat wie sie selbst.

Free the Nipple!

Ich hasse BHs. Einen passenden zu finden, der auch noch hübsch aussieht, ist selbst mithilfe von erfahrenen Verkäuferinnen eine Qual, und noch dazu sind die Dinger wahnsinnig unbequem. Immer und grundsätzlich, egal wie weichgepolstert sie auch sein mögen. Sorry, aber bevor ich meine Titten in ein solches Gefängnis zwänge, lasse ich sie lieber frei baumeln. Mir auch egal, ob sie dadurch früher anfangen zu hängen. Das tun sie sowieso schon. Und auch hängende Brüste sind immer noch schön. Weil Brüste generell halt schön sind. Immer.

Leider stoße ich mit meiner Einstellung zu BHs im Alltag immer wieder auf absolut unnötige Situationen. Zum Beispiel die, in der mir wildfremde Menschen sagen, dass ich keinen BH trage. Aha. Ja, danke, weiß ich. Ist so gewollt, bitte gehen Sie weiter. Nicht selten schütteln insbesondere ältere Damen ihren Kopf, wenn ich meine Brüste frei unter einem Shirt schwingen lasse, durch das man meine Nippel sieht. Meine Güte, es sind nur Brustwarzen, und das ist in meinen Augen auch nicht schlimmer, als wenn man den kompletten BH durch ein T-Shirt durchscheinen sieht. Können alle mal bitte einen kurzen Moment die Luft anhalten? Es muss ja keiner so direkt hinschauen. Immerhin hab ich oberhalb meiner Titten auch noch ein ziemlich hübsches Gesicht. Schaut mir doch einfach mal in die Augen!

Meine Abneigung gegen BHs war eigentlich schon immer da. Während andere Mädchen nur darauf warten, dass ihnen endlich Brüste wachsen, damit sie einen BH tragen können, grauste es mir davor. Ich hatte schon oft genug bei H&M in der Unterwäscheabteilung gestanden, um zu wissen, was mich später einmal erwarten würde. Büstenhalter mit Snoopy drauf und so dick gepolstert, dass sie aus einem A-Körbchen in Sekundenschnelle ein DD-Körbchen machten. Nein, danke.

Ich trug, solange es ging, nur Unterhemden und maximal ein Bustier, bis mir ausgerechnet meine Tante – eine sehr großbusige Dame, die mit Sicherheit aus gesundheitlichen Gründen BHs tragen muss – meinen ersten eigenen BH in 75B schenkte. Die Standardgröße, sagt man zumindest. Über diese Größe sind meine Brüste auch nie hinausgewachsen. Es gibt also keinen Grund für mich, wenigstens zur Schonung meines Rückens einen ordentlichen Büstenhalter zu tragen. Einzig und alleine die Gesellschaft will mich dazu zwingen, es trotzdem zu tun. Weil sie sich an meinen Nippeln stört.

Meinen ersten BH in 75B – er war hellblau und mit kleinen Strasssteinchen verziert – trug ich so ziemlich genau an drei Tagen in der Schule, und an allen drei Tagen kamen mehrmals Typen an, die entweder das Band durch mein Shirt hindurch griffen und auf meinen Rücken schnalzen ließen oder die sogar so dreist waren, das Teil mit ihren blitzschnellen Fingern zu öffnen, sodass man gezwungen war, aufs Klo zu gehen und den BH wieder zu richten, wenn ich mich nicht vor der ganzen Klasse entblößen wollte.

BHs waren also wirklich noch nie mein Ding. Dennoch bin ich immer wieder erstaunt darüber, als wie selbstverständlich es gilt, als Frau einen zu tragen. Wieso? Ob und was ich unter meiner Kleidung trage, geht niemanden etwas an. Eigentlich hat es noch nicht mal jemanden außer mir selbst zu interessieren, ob ich überhaupt etwas angezogen habe. Genau das bringt mich aber zur eigentlichen Debatte. Es geht um weibliche Brustwarzen. Während Männer ihre behaarten Nippel auf offener Straße zeigen dürfen, werden Frauen dafür verurteilt, wenn sie das Gleiche tun. Facebook sperrt Nutzerinnen, wenn sie ihre Brüste im Netz zeigen. Selbst ungeachtet der Tatsache, dass es in vielen Fällen überhaupt nicht darum geht, irgendjemanden mit seinen Titten zu reizen, sondern um Aufklärung. Zum Beispiel beim Thema Brustkrebs, das einfach total wichtig ist. Facebook wäre eine gute Möglichkeit, insbesondere junge Frauen auf der ganzen Welt zu erreichen, die vielleicht nicht so gut über Brustkrebs, Vorsorge und das Leben damit aufgeklärt wurden. Das Netzwerk verbietet genau das allerdings, weil es ja um Titten geht. Ein etwas harmloseres Beispiel wäre, dass selbst Fotos gelöscht werden, auf denen Frauen stillen. Dabei ist es die natürlichste Sache der Welt, und fast jeder von uns hing als Kleinkind an den Titten seiner Mutter. Es ist mir ein Rätsel, warum das so kriminalisiert wird. Im Gegensatz zu männlichen Nippeln haben die Brustwarzen von Frauen tatsächlich eine Funktion. Und sie ist nicht sexueller Natur.

Klar sind Brüste sexy. Aber man muss sie auch nicht unnötig sexualisieren. Und das tut Facebook genau wie die Menschen, die den Kopf schütteln, wenn ich mal wieder ohne BH beim Bäcker stehe, um Schokobrötchen zu kaufen. Ich bin der Meinung, dass ich immer noch selbst entscheiden sollte, wann ich meine Brüste raushole, um jemanden bewusst sexuell zu reizen, und wann ich sie einfach so zeigen darf, weil ich mich ohne BH und vielleicht auch sogar ganz ohne Shirt einfach wohler fühle.

Bei der Gleichberechtigung zwischen Mann und Frau geht es natürlich nicht nur um Nippel. Aber es ist ein Beispiel, das sehr gut aufzeigt, wie unterschiedlich Männer und Frauen noch immer von unserer Gesellschaft betrachtet werden. Vor allem, wenn's ums Thema Sex geht. Aber solange Titten für mehr Aufregung sorgen als eine Meinung, wird es Frauen geben, die sich nur ausziehen, damit mal jemand auf sie achtet. Es funktioniert nämlich. Und nur unsere Gesellschaft ist daran schuld. Würde ich einen BH tragen, würde mich beim Bäcker bestimmt niemand so komisch ansehen. Und das stimmt mich als Feministin zutiefst traurig. Es sind nur Brüste. Brüste, die niemanden etwas angehen, außer mich selbst. Und mit denen ich tun und lassen dürfen sollte, was ich will.

Niemand hat das Recht, meine Beziehungen zu definieren

»Sag mal, kann es sein, dass du nie so richtig Single bist?«, fragte Aisha, als wir die Karl-Marx-Straße entlang spazierten. Wir waren auf der Suche nach gutem Kaffee, was in dieser Gegend unmöglich schien. Eine Spielhalle reihte sich an die andere, und die ersten Döner-Imbisse öffneten an diesem Tag ihre Pforten. Die Stadt trug heute wieder diesen typischen Großstadtmief, der nach Abgasen, billigem Parfüm, Hundescheiße und altem Frittenfett roch.

»Können wir das Thema bitte auf später verschieben, wenn ich eine angemessene Menge Koffein in meinem Körper habe?«, bat ich und verdrehte genervt die Augen. Meine Beziehung zu Kilian war gerade erst zu Ende gegangen. Er war derjenige, den ich Aisha als meinen festen Freund vorgestellt hatte, obwohl die Bezeichnung so nicht korrekt ist. Richtig »Single« war ich trotzdem nicht, denn neben Kilian existierten auch noch Betty, Cem und Sebastian, doch nicht all meine Bekannten wissen, dass ich mehrere gleichwertige Beziehungen parallel führte.

»Ach, Nadine«, erwiderte Aisha, »jetzt tu mal nicht so, als seist du eine dieser ›Sprich nicht vor meinem ersten Kaffee mit mir‹-Personen. Du bist ein Mensch, der einfach *nie* angesprochen werden will. Und genau deshalb will ich wissen, wie du das machst. Wie du es schaffst, immer eine Beziehung zu haben, obwohl du Menschen angeblich so hasst!«

»Komm, lass mal da reingehen jetzt, ich brauch echt Kaffee«, gab ich zurück und deutete auf eines dieser schäbigen Internetcafés, von denen es hier mehr zu geben schien als Menschen.

»Hast du dich eigentlich jemals gefragt, wie die sich alle halten können?«, fragte Aisha, und ich ließ die Augen wiederholt hinter die Lider rollen.

»Die waschen Geld, mein Herz. Mit Internet verdienen die hier gar nichts. Es gibt sogar eins, zwei Straßen weiter, in dem man 24/7 Drogen kaufen kann. Wenn du mal was brauchst, frag dich durch nach Azad.«

Sie sah mich mit großen Augen an, und plötzlich muss ich lachen. »Alte, du bist in Berlin geboren und aufgewachsen«, fügte ich hinzu, »wie kannst du so was nicht wissen?«

»Spandau ist eben nicht Neukölln«, erwiderte Aisha, und ich stimmte ihr nickend zu.

Wir betraten den schäbigen Laden, in dem außer uns keine Gäste waren, und nahmen an einem der kleinen, eckigen Tische Platz, die definitiv auch schon bessere Tage gesehen hatten. Es roch nach altem Zigarrenqualm, und die Wände hatten bereits einen gelblichen Farbton angenommen. Aisha und ich bestellten schwarzen Filterkaffee – der einzige Kaffee, der hier angeboten wurde –, und während sie in ihrer Handtasche nach ihren Zigaretten wühlte, dachte ich darüber nach, was meine nach außen hin ständig wechselnd erscheinenden Beziehungen und mich eigentlich ausmachten.

Ich hasse diese ganzen Beziehungskonstrukte. Die Gesellschaft erwartet von einem, dass man sich ganz genau festlegt. Es gibt genau zwei Möglichkeiten, die allgemein als angemessen gelten: *Single* oder *in einer festen Partnerschaft*. Manche Leute unterteilen vielleicht noch in *Affären* und *offene Beziehungen*, wobei man von Affären mehrere nebeneinander haben darf, die alle gleichwertig (und für gewöhnlich emotional unergiebig) sind, während man in offenen Beziehungen für gewöhnlich einen festen Partner hat, aber nebenbei noch andere fickt, zu denen man keine oder nur eine geringe emotionale Bindung hat. Es wird aber in allen genannten Konzepten erwartet, dass man entweder genau einen Menschen hat, der irgendwie »mehr« wert ist als die anderen – also nur einen, den man fickt und liebt –, oder halt gar keinen. Das hat mir schon immer irgendwie gestunken. So richtig ausleben tue ich das, was gerne als »alternatives Beziehungskonzept« bezeichnet wird, allerdings erst, seit ich in Berlin lebe. In meiner Heimatstadt hätte ich mir das gleich abschminken können.

»Ich bin nicht monogam«, begann ich meine Erklärung und drehte mir dabei eine Kippe. »Ich habe Beziehungen unterschiedlicher Art und bevorzuge für gewöhnlich, sie nicht nach Wichtigkeit zu sortieren. Das heißt, ich ordne ihnen einfach keinen gewissen Status zu, so wie *fester Freund, beste Freundin* oder *Kumpel*. Manchmal bin ich gezwungen, genau das zu tun, zum Beispiel wenn ich bei meinen Großeltern zu Gast bin. Aber eigentlich lehne ich diese Bezeichnungen ab. Es gibt auf Deutsch kein gutes Wort dafür, aber wenn ich eines wählen müsste, dann wäre das wohl »Partner«. Ich habe mehrere Partner zur selben Zeit, und sie alle sind für mich absolut gleichwertig. Mit einigen von ihnen habe ich regelmäßig Sex, mit anderen nicht. Wobei ich nicht ausschließe, auch mit denen, die ich zurzeit nicht ficke, irgendwann im Bett zu landen. Oder eine rein freundschaftliche Beziehung zu den Leuten zu haben, die wissen, wie meine Muschi aussieht.«

»Okay«, antwortete Aisha nach einem Moment des Zögerns. »Aber woher weißt du denn, dass das so klappt?«

»Ganz einfach«, erwiderte ich, »ich rede mit meinen Partnern darüber.«

»Und was, wenn einer oder eine von denen eine feste Beziehung will, also so eine, in der du keine anderen Partner hast?«

»Dann muss er oder sie wohl oder übel damit leben, dass ich diese ganze Sache anders sehe und mir meine Freiheiten, die Menschen zu lieben und zu ficken, die ich lieben und ficken will, nicht nehmen lasse. Dass mich jemand über alle anderen Menschen stellt, ist ja nicht mein Problem, sondern das der anderen Person.«

»Und Eifersucht ist bei dir gar kein Thema?«

»Nö. Wenn einer meiner Partner keine Zeit hat, sind da ja noch genügend andere, mit denen ich was unternehmen kann. Und abgesehen davon genieße ich durchaus auch mal ein paar ruhige Tage für mich. Netflix und Selbstbefriedigung fetzen auch allein.«

»Das wär irgendwie nix für mich«, meinte Aisha und zündete sich noch eine Zigarette an.

»Ich will, dass der Typ, mit dem ich zusammen bin, nur mich liebt. Und auch nur mit mir schläft.«

»Ich kann das gar nicht«, entgegnete ich. »Weder nur einen Menschen lieben noch mit nur einem Menschen Sex haben. Und ich hab sie tatsächlich alle gleich gern. Ich hab dich genauso gern wie ich Kilian hatte. Oder meine Schwester.«

»Heißt das jetzt, du willst mit deiner Schwester und mir Sex?«, fragte sie und sah mich ungläubig an.

»Nee.« Ich lächelte. »Wobei ich mit dir halt wirklich ficken würde, wenn du eine Lesbe wärst. Du musst nur Bescheid sagen, dann hol ich meinen Strap-on raus.«

Aisha lachte und verneinte dankend, und während wir unseren Kaffee austranken, erzählte ich ihr von den ganzen Menschen, mit denen ich gerade eine Partnerschaft führte.

»Weißt du, ich mag es tatsächlich, wenn meine Partner meine Freunde sind und wir gegenseitig Vertrauen und Intimität zueinander entwickeln. Ich hab auch gern mal One-Night-Stands, aber es macht mich am meisten an, mit Menschen zu schlafen, die ich mag und von denen ich genau weiß, was ihnen gefällt«, sagte ich zu Aisha, als wir das schäbige Internetcafé verließen und sie zurück zu ihrem festen Freund nach Spandau fuhr und ich nach Friedrichshain, weil ich heute Lust auf Betty hatte.

Gutes Sexting will gelernt sein

Es soll ja Menschen geben, die nicht wissen, was Sexting ist. Bei denen frage ich mich immer, auf welchem Planeten die eigentlich in den letzten Jahren gelebt haben, immerhin wurde es mittlerweile bereits in mehreren TV-Shows thematisiert. Sexting ist, wenn man sich gegenseitig dirty Textnachrichten schreibt. Eine Zusammensetzung aus den Wörtern »Sex« und »Texting«. Kann man sich aber eigentlich schon denken, wenn man das Wort »Sexting« zum ersten Mal hört.

Die Menschen, die wissen, was Sexting ist – und ich möchte mal behaupten, dass das dann doch die Masse ist –, sind allerdings nicht zwangsläufig gut darin. Ihr glaubt gar nicht, wie miserabel jemand darin sein kann, der an sich ganz gut im Bett ist. Mit ein paar Tittenbildchen und ein bisschen »Boah, ich werde ganz geil, wenn ich an deine Muschi denke!« und »Du machst mich auch total an!« ist es eben nicht getan. Wenn man jemanden per Textnachricht scharfmachen will, muss man sich schon etwas Besseres einfallen lassen. Auch »Ich will dich jetzt ficken!« ist für mich irgendwie kein Sexting, sondern die bloße Aufforderung zum Geschlechtsverkehr. Vielleicht fehlt es einem Großteil unserer Generation aber einfach auch an der nötigen Fantasie, die es für gutes Sexting braucht. Dabei ist es eigentlich ganz simpel: Porno anschalten und einfach mal kurz mitschreiben, was da passiert. Man darf halt nur nicht vergessen, das Ganze auf den eigenen Partner umzuformulieren. Wenn jemand schreibt: »Ich stelle mir vor, wie ich an deinen großen, runden Titten lecke«, obwohl der Empfänger der Nachricht eher kleine Brüste hat, führt das schnell zu Missverständnissen. Generell sollte man dreimal checken, wem man gerade schreibt, bevor man mit intensivem Sexting loslegt. Wenn die SMS, die für die Freundin bestimmt war, an die eigene Mutter geht, ist das in einem solchen Fall nicht nur besonders peinlich, sondern auch ausgesprochen dumm.

Sexting muss einfach flüssig laufen. Es darf nicht geplant oder verkrampft sein, sondern muss aus der Situation heraus entstehen. Weil man selbst gerade geil ist und dem Partner oder der Partnerin unbedingt mitteilen möchte, was man sich gerade vorstellt. Zudem ist es in Textnachrichten besonders leicht, Fantasien zu äußern, die man im echten Leben so vielleicht nicht ansprechen oder zumindest nicht ausleben würde, weil sie zu verrucht sind.

Bleibt immer noch die Frage offen, wie man eigentlich richtig sextet. Das kommt natürlich immer auf die betreffenden Personen an, die jeweils am Ende eines Smartphones oder Laptops sitzen. Vom Inhalt, den solche Textnachrichten haben sollten, hat ja jedes Paar so seine eigenen Vorstellungen. Gutes Sexting regt auf alle Fälle die Fantasie an, ohne alles vorwegzunehmen. Den Ausgang lässt man also am besten immer offen. Nur so hat das Gegenüber auch die Chance, das Spielchen mitzuspielen und mit seiner eigenen Antwort die Erregung beider Seiten zu steigern. Beispiel aus meinem eigenen Repertoire gefällig?

»Ich hab vorhin nach Hotels geschaut, weil ich mal zwei Tage einfach einspannen muss, und da ist mir dieses Designhotel ins Auge gefallen. Riesiges Bett, offene Dusche, eine Badewanne direkt neben dem Bett. Und ich hab sofort daran gedacht, wie gerne ich es dort mit dir treiben würde. Ich hab mir vorgestellt, wie du vor mir eincheckst und dort auf mich wartest, mir nackt und mit einem Peniskäfig keusch gehalten die Tür öffnest. Ich trage einen dicken Mantel und darunter nur Unterwäsche und halterlose Strümpfe, dazu High Heels aus Leder. Du nimmst mir die Tasche und den Mantel ab. Während ich mir Badewasser einlasse und mich langsam ausziehe, packst du die Tasche aus und findest darin das ganze Spielzeug, das ich mitgebracht habe. Knebel, Seile, die Gerte, das Paddle, meinen großen Strap-on und den Magic Wand. Das zu sehen erregt dich so sehr, dass dein Schwanz in dem Käfig anschwillt und anfängt wehzutun. Ich ziehe mich langsam vor dir aus, um ein Bad zu nehmen. Dann nehme in der Badewanne Platz und befehle dir, dich neben mich zu stellen, damit ich über deine Eier streichen und dich so reizen kann. Der Schlüssel für den Käfig hängt um meinen Hals. Ich nehme die Kette ab und befreie deinen Schwanz. Du legst dich zu mir in die Wanne und darfst meine Titten berühren. Ich fahre mit den Händen deine Oberschenkel entlang, erst sanft, dann immer härter und kratze dich mit meinen langen Fingernägeln, aber deinen Schwanz berühre ich dabei nie. Wenn wir keine Lust mehr auf das Baden haben, steigst du aus, hältst mir das Handtuch und trocknest mich ab. Ich sperre deinen Schwanz sofort wieder in den Käfig, denn ich brauche ihn überhaupt nicht. Weil er sofort so hart geworden ist, bekommst du erst mal ein Spanking von mir. Lang und hart. Und da niemand deine Schreie hören soll, trägst du dabei den Knebel, deine Hände sind auf den Rücken gefesselt, und du kniest auf dem Bett, mit dem Gesicht nach unten, und präsentierst mir deinen Arsch, so als hättest du nur darauf gewartet, dass ich dich verhaue und von hinten ficke.«

So, meine Lieben, geht gutes Sexting. Und wer es richtig angeht, hat in den meisten Fällen sogar die Chance, die zuvor geschriebenen Fantasien zu einem späteren Zeitpunkt in die Tat umzusetzen. Wenn nicht, dann hat man sich wenigstens eine nette Wichsvorlage geschaffen, die man zu Zeiten der Geilheit und Einsamkeit hervorholen kann, um zu masturbieren. Wer richtig sextet, macht das Gegenüber geiler, als jeder Porno dieser Welt es könnte.

Als Antwort habe ich auf oben stehende Nachricht übrigens ein »Boah, klingt geil, bitte mach das mit mir!« bekommen. Das war jetzt zwar nicht unbedingt das, was ich mir vorgestellt hatte, aber der Typ, dem ich das schrieb, war sowieso nie gut in Sprache. Dafür ist er ein ausgezeichneter Ficker – und damit kann ich auch über die Defizite, die er beim Thema Sexting aufweist, guten Gewissens hinwegsehen. Ob wir meine Fantasie auch so durchgeführt haben oder nicht, möchte ich an dieser Stelle gerne offenlassen. Ein guter Text ist da wie gutes Sexting: Er teast, ohne den Ausgang zu verraten. Alles andere wäre ja auch langweilig.

Niemand will deine Schwanzfotos sehen

Das Smartphone, Internet und vor allem Dating-Apps sind eine feine Sache. Mit nur einem Klick hat man damit Zugriff auf Tausende mögliche Geschlechtspartner. Swipe nach links. Swipe nach links. Swipe nach rechts. Match. Ein paar Worte. Ficken.

Es könnte alles so schön sein. Könnte. Wenn sich nicht im Netz ein Haufen Typen tummeln würden, die ungefragt Bilder von ihrem Schwanz verschicken. Auf meinem Handy befindet sich ein Ordner, in dem gut und gerne 200 Penisfotos gespeichert sind. Ein sehr geringer Teil stammt von Männern, mit denen ich Sex hatte und die ich beim Sexting um ein Foto ihres harten Schwanzes gebeten habe. Der überwiegende Prozentsatz ist jedoch ein Sammelsurium aus Penissen von Kerlen, zu denen ich nur flüchtig oder auch nie richtig Kontakt hatte. Swipe nach rechts. Match. Hier hast du ein »dick pic«, ein Foto von einem Schwanz.

Ich frage mich schon seit geraumer Zeit, was es mit diesen Schwanzfotos eigentlich auf sich hat. Mit Handykameras bei schlechtem Licht aufgenommen, sind sie nicht einmal ästhetisch. Dass sie keineswegs erregend sind, wenn sie nicht von einem Partner stammen, mit dem man gerade sextet, brauch ich glaub ich nicht dazuzusagen.

Warum verschicken also so viele Typen einfach ungefragt Fotos ihrer hässlichen Pimmel an fremde Mädchen aus dem Internet? Glauben sie wirklich, nur weil man ihren Schwanz gesehen hat, ist man sofort dazu bereit, mit ihnen in die Kiste zu steigen? Oder liegt der Kick vielmehr darin, dass man weiß, dass sich das Gegenüber über so viel ungewollte Offenheit vielleicht ärgert und angeekelt das Gesicht verzieht?

An manchen Tagen fühle ich mich von solchen Bildern regelrecht vergewaltigt. Ist vielleicht das wirklich die Intention der Männer, die ungebeten solche Fotos verschicken? Wollen sie damit einfach nur ihre Macht demonstrieren und sich daran aufgeilen, dass ein Mädchen für einen Moment gezwungen war, ihren Schwanz anzusehen, obwohl sie es nicht wollte? Sexuelle Übergriffigkeit als Kink. Das Wissen, dass man dafür vor Gericht nicht belangt werden kann, scheint es möglich zu machen. Es würde mich jedenfalls nicht wundern, dass einige Typen im Netz nur deshalb so agieren.

Als ich das Thema mal in meinem Freundeskreis ansprach, wurde schnell klar, dass jede Frau, die im Internet aktiv ist, schon mal mit einem Schwanzfoto eines völlig Fremden konfrontiert wurde. Ohne dass sie danach gefragt hat natürlich. Irgendjemand ließ dann den supertollen Ratschlag fallen: »Wenn ihr das so scheiße findet, geht halt nicht ins Internet.«

Nein. Es ist nicht an den Frauen, das Internet zu meiden. Es ist an den Männern, nicht einfach Fotos ihrer meist mickrigen Dödel zu verschicken, wenn nicht explizit darum gebeten wurde. Für so etwas gibt es Portale. Da kann man seine dick pics hochladen, und diejenigen, die sie sehen wollen, können sich das dann dort anschauen. Freiwillig.

Ein anderer fragte, ob wir uns denn auch so aufregen würden, wenn uns eine fremde Braut ihre Brüste schicken würde. Er fände es ja mega, wenn Mädchen ihm ungefragt Tittenfotos schicken würden. Hat bisher allerdings keine gemacht. Da sind wir auch schon beim Punkt: Ich kann nicht sagen, ob es mich so sehr stören würde, wenn ich ungefragt Fotos von fremden Brüsten bekommen würde. Es ist zumindest noch nie passiert. Ich hab auch noch nie meine Titten an jemanden geschickt, der nicht darum gebeten hat. Deshalb ist es auch Schwachsinn, so darüber zu diskutieren. Frauen scheinen das nicht so zu machen wie Männer. Abgesehen davon, dass Brüste noch mal ein ganz anderes Thema sind als Schwänze. Ich denke, an so ein paar Titten würde ich mich nicht weiter stören. Sie sind im Gegensatz zu Schwänzen wenigstens ästhetisch. Bekäme ich jetzt allerdings ungefragt das Foto einer Vagina geschickt, würde ich mich vermutlich genauso unwohl fühlen, wie wenn ich ein Penisbild bekomme. Genau beantworten kann ich das jedoch nicht. Es ist, wie gesagt, noch nie passiert. Auf die knapp 200 Penisfotos auf meinem Telefon kommen genau einmal die Brüste meiner Exfreundin, zweimal der Arsch einer anderen Ex und gar keine Muschi. Ich bezweifle aber zugleich, dass irgendein Typ es geil fände, am Tag zwanzig verschiedene Muschis von fremden Frauen zu bekommen. Es sei denn, er ist ein totaler Creep, der im echten Leben keine Frau abkriegt und dem nichts anderes übrig bleibt, als sich an so was aufzugeilen.

Es ist ja schon so, dass ich mir ganz gerne Schwänze ansehe. Nach Möglichkeit in real und nach Möglichkeit auch nur die von den Typen, die ich gerade in meinem Schlafzimmer habe. Mir wurde schon oft genug mitten auf der Straße ein Schwanz entgegengehalten – wenn auch nicht so häufig, wie mir Fotos geschickt wurden –, und es hat mich nie auch nur im Geringsten angemacht. Penisfotos erregen mich nicht. Gut ausgeleuchtet können sie im Zuge von ästhetischer Aktfotografie schon echt was hermachen, aber geil macht mich das eigentlich nie. Was mich an solchen Fotos fasziniert, ist meist das Gesamtbild und nicht der Schwanz an sich. Und ich glaube, das geht den meisten Frauen so. Vielleicht spricht da aber auch nur die Kunststudentin aus mir.

Ich jedenfalls wäre glücklich, weniger häufig mit Fotos von fremden Pimmeln bombardiert zu werden, ohne gleich gewisse Seiten, Apps oder direkt das ganze Internet meiden zu müssen. Es kann doch nicht so schwer sein, seinen Dödel einfach mal für sich zu behalten. Wenn man ihn so geil findet, dass man ihn ständig fotografieren muss, kann man das meinetwegen gerne machen. Man muss es ja nicht gleich jedem, der einem im Netz begegnet, unter die Nase reiben. Mach ich mit meinen Titten ja auch nicht. Wobei ich mindestens genauso oft von Fremden um Fotos von meinen Brüsten gebeten werde, wie mir ungefragt Schwänze geschickt werden. Vermutlich stecken hinter den Accounts sogar die gleichen perversen Schweine. Lasst euch doch einfach mal was Neues einfallen bitte. Ich fände es zur Abwechslung tatsächlich mal schön, statt einem Penis ein paar nette Worte geschickt zu bekommen. Oder statt Fotos von meinen Titten nach meinen Hobbys gefragt zu werden. Dann kann ich antworten, dass ich gerne ficke. Und wer weiß, vielleicht landet man nach einem solchen Gespräch sogar gemeinsam im Bett. Mit Schwanzfotos allein kriegt man mich jedenfalls nicht rum. Und meine Titten zeig ich auch nur, wem ich sie wirklich zeigen will. Seltsame Dudes aus dem Internet gehören nicht dazu.

Golden Showers oder: Wie ich lernte, auf andere Menschen zu pissen

Ich glaube, ich habe bereits sämtliche sexuellen Spielarten ausprobiert, die es so gibt. Okay, vielleicht nicht alle, aber zumindest ziemlich viele – auch solche, die für mich im Kopf keinen sonderlichen Reiz ausgelöst haben, auf die ich aber immer wieder von Partnerinnen oder Partnern gestoßen wurde. Probieren geht über Studieren, lautet irgendein semikluges Sprichwort, und so kam es auch dazu, dass ich nach einigen nervenaufreibenden Gesprächen und viel Recherche im Internet mit Golden Showers Bekanntschaft schloss.

Als mir zum ersten Mal ein Typ gesagt hat, dass er es geil fände, wenn ich ihm auf den Schwanz pissen würde, war ich so perplex, dass ich das laut aussprach, was mir als Erstes in den Kopf kam: »Ich kann nicht.« Er bekam den Satz in den falschen Hals, wir hörten auf zu ficken und begannen eine Diskussion über das Anpissen beim Sex.

Ich finde es nicht komisch, wenn Menschen darauf stehen, sich anpinkeln zu lassen oder Urin zu trinken. Es kam mir bis zu diesem Moment, wo der Typ, mit dem ich gerade am Ficken war, es laut aussprach, nur nicht in den Sinn, es selbst zu machen. In meiner Vorstellung fand ich es einfach nicht geil, mir von einem Typen ins Gesicht oder auf andere Teile meines Körpers urinieren zu lassen. Und was die ganze Sache andersrum betraf: Nun, ich kann eben nicht, wenn mir jemand zuschaut – was ein großes Problem darstellt, wenn unter dir jemand liegt, der danach geiert, dir dabei zuzusehen, wie du ihm auf den Schwanz pisst.

Die Affäre zwischen ihm und mir lief noch eine ganze Weile, doch zu »Watersports« kam es nie. Das Thema schien mich seit diesem Tag dennoch irgendwie zu verfolgen, denn immer mehr Männer, mit denen ich sprach – online und offline –, erzählten mir, dass sie total darauf abfahren, sich anpinkeln zu lassen, oder es zumindest gerne mal ausprobieren würden. Es war allerdings für keinen von ihnen ein Muss, und so blieb es bei Sex, der sich auf den Austausch von »normalen« Körperflüssigkeiten beschränkte – bis ich Tom kennenlernte und mich Hals über Kopf in ihn verliebte.

Tom war der perfekte Mann für mich, denn er sah nicht nur umwerfend aus, sondern brachte auch charakterlich all die Eigenschaften mit, die ein Mensch, mit dem ich mir eine Beziehung vorstellen kann, haben muss. Er war genau wie ich großer Fan von Splatter-Filmen, hatte eine heimliche Vorliebe für die Spice Girls, auch wenn er das nur zugab, wenn er betrunken war, küsste so gut wie kein anderer, war an Kunstgeschichte und Politik interessiert und außerdem Feminist. Das musste er allerdings nicht jedem unter die Nase reiben, wie so manch anderer, der sich gerne damit brüstet, dass er Frauen respektiert. Er war es einfach. Und er trug mich, wann immer es ging, auf Händen – vorausgesetzt, ich wollte das. Es gab jedoch ein klitzekleines Problem an ihm: Er war einer dieser Männer, die zwar permanent geil sind, aber nur dann wirklich einen hochkriegen, wenn ein spezieller Fetisch erfüllt wird – und das war in seinem Fall eben das Anpissen.

Die ersten Wochen halfen wir uns mit anderen Methoden – lecken, fingern, Dildos – über die Runden, doch irgendwann wollte ich mehr. Ich wollte seinen harten Schwanz sehen, anfassen und in mir spüren und natürlich auch ihm Lust bereiten, denn bisher war es ja immer nur um mich gegangen. Mal abgesehen davon hatte ich auch Gefühle für Tom. Das war für mich Grund genug, mich seiner Fantasien anzunehmen, auch wenn ich niemals von mir aus auf die Idee gekommen wäre, auf jemanden zu urinieren. Ich empfand den Gedanken, genau das zu tun, aber auch nicht als Abturner.

Also fing ich an zu recherchieren. Dabei interessierte mich vor allem, was ich tun musste, um meinen Urin so »neutral« wie möglich zu bekommen – schließlich wissen wir alle, wie Festivaltoiletten riechen, und abgesehen davon, dass ich die Vorstellung, jemanden anzupinkeln, sowieso irgendwie unangenehm fand, weil er mir dabei zusehen würde, wollte ich verhindern, dass die Sache auch noch stinkt.

Das Internet klärte mich schnell auf: viel trinken – am besten Wasser oder Kräutertee – kein Alkohol, keine Drogen, kein Nikotin sowie jeglicher Verzicht auf Lebensmittel wie Knoblauch, Zwiebeln oder Spargel. Diese »Kur« hielt ich exakt drei Tage durch – und beschloss, dass Tom da eben durchmusste. Jemanden anzupissen ist eine Sache – dafür auf alle Dinge, die Spaß machen, zu verzichten, eine andere.

Lange Zeit blieb jedoch die Frage nach dem »wie«. Klar, es gibt spezielle Bettlaken für nasse Angelegenheiten, doch so richtig Bock, mein eigenes Bett in ein Klo zu verwandeln, hatte ich nicht, und eine spezielle »Toilette », bei der der passive Partner mit dem Gesicht direkt unter der Klobrille liegt, so dass der Aktive sich nur noch hinsetzen und es laufen lassen muss, erschien mir sehr absurd. Mein »erstes Mal« mit Pisse passierte dann zum Glück so spontan, dass das »wie« plötzlich egal war.

Wir waren auf dem Nachhauseweg vom Berghain, verschwitzt, besoffen und auf Drogen, als mir Tom erzählte, was ihm wenige Minuten vorher auf dem Klo passiert war. Dort hatte ihn nämlich ein mittelalter Typ direkt am Pissoir darum gebeten, dass ihm Tom aufs Shirt pisst. Mein Freund hat es natürlich nicht gemacht, ließ mich aber wissen, dass die Vorstellung, einen Abend in Kleidung verbringen zu müssen, die feucht war und nach Pisse roch, ihn ziemlich erregte.

Zuhause angekommen zog Tom mich mitsamt Klamotten unter die Dusche, und wir begannen, uns unter wilden Knutschereien in dem heißen Wasser auszuziehen. Ich bin mir ziemlich sicher, dass es das Kokain in Verbindung mit der von Tom geschilderten Situation im Berghain war, das mich auf das brachte, was als Nächstes kam. Ich drehte das Wasser zu und befahl Tom, sich unter mich in die Duschwanne zu legen, auf deren Rand ich mich stellte – ein Bein rechts, das andere Bein links – und platzierte meine Muschi direkt über seinem verwunderten Gesicht, bevor ich anfing, meine mit Bier und Gin Tonic gefüllte Blase zu entleeren.

Ein klarer, warmer Strahl rann langsam an meinem Oberschenkel herab. Es dauerte ein paar Sekunden, bis ich ihn so unter Kontrolle hatte, dass er genau auf sein Gesicht und seinen offenen Mund traf. Ich schaute in den Spiegel, der gegenüber an der Wand hing, und beobachtete uns dabei. Er schluckte, fing an zu würgen, ich passte einen Moment nicht auf und meine Pisse traf sein linkes Auge. Es muss echt höllisch gebrannt haben, denn Tom schrie auf und befahl mir, besser zu zielen. Aufgrund seines Würgens war ich total irritiert und stoppte den Strahl komplett. Er jedoch bettelte mich an, weiterzumachen, und auch sein Schwanz zeigte mir in seiner ganzen Härte, wie sehr ihm das gefiel. Also ließ ich es wieder laufen. Ich hatte sowieso das dringende Bedürfnis, meine Blase jetzt sofort komplett zu entleeren, also konnte ich das auch in seinen Mund machen. Er holte sich währenddessen einen runter und spritzte das erste Mal, seit wir zusammen waren, ab. Und ich muss sagen, dass ich das sogar ziemlich geil fand. Irgendwie.

Von da an gehörten Watersports fest zu unserem Sexleben dazu. Ich pisste meinen Freund ein bisschen an, und dafür fickte er mich fast bis zur Besinnungslosigkeit. Dass ich in puncto Golden Showers über meinen eigenen Schatten gesprungen war, brachte mir tatsächlich mit die besten Orgasmen meines Lebens ein. Die Beziehung zu Tom ging leider irgendwann in die Brüche, da er einen Job in einer anderen Stadt annahm und wir uns einig waren, dass eine Fernbeziehung zwischen uns nicht funktionieren würde, doch vergessen werde ich die goldenen Momente mit ihm nie.

Plädoyer für mehr Aufmerksamkeit für den männlichen G-Punkt

Der G-Punkt des Mannes liegt in seinem Arsch. Ich rede natürlich von der Prostata. Einem Teil des männlichen Körpers, über den im sexuellen Kontext viel zu selten gesprochen wird.

Prostatamassagen sind absolut geil. Ich liebe es, Typen einen oder mehrere Finger in ihren Arsch zu schieben und nur durch das Reiben dieses einen Punktes zum Orgasmus zu bringen. Leider lassen das viel zu wenig heterosexuelle Kerle mit sich machen. Vermutlich, weil sie Angst haben, dann als schwul zu gelten. Die meisten rasten halt schon aus, wenn man mit den Fingern auch nur in die Nähe ihres Arschlochs kommt. Wollen aber selbst am liebsten alles, was es so an Spielzeug und Körperteilen gibt, im Darm einer Frau versenken. Nicht mit mir. Wer Ärsche ficken will, muss zumindest bereit sein, das Gleiche mal passiv an sich auszuprobieren. Meinetwegen auch im Alleingang bei der Selbstbefriedigung. Spielzeug gibt es ja genug, und zur Not tut's fürs Erste ja auch ein Finger der eigenen Hand.

Die Jungs, die sich regelmäßig anal befriedigen oder befriedigen lassen, sind sich für gewöhnlich einig, dass die Orgasmen, die durch die gezielte Reizung der Prostata herbeigeführt werden, wesentlich intensiver sind als die, die durch einfaches Abspritzen entstehen. Nur zwei Typen, die ich befragt habe, sagten mir, dass sie das Ganze nicht so geil fanden. Das ist die gleiche Anzahl von Typen, die bei meinen Befragungen zu ihrem Sexleben auch angaben, Blowjobs nicht befriedigend zu finden. Genauer gesagt: In Zahlen ist das absolut nichts.

Von den Kerlen, die vor mir zugaben, unfassbar darauf zu stehen, forderte aber knapp die Hälfte absolute Verschwiegenheit von mir. Muss ja keiner wissen, dass man sich gerne mal von hinten nehmen lässt. Nee, muss auch keiner wissen. Dann sollte man aber auch nicht damit prahlen, wenn man es einer Frau mal »so richtig schön in den Arsch gegeben« hat. Wenn man schon so offen mit seinem Sexleben umgeht, sollte man auch zu allem stehen, was man gerne macht. Mach ich ja genauso.

Ich hab mir das Gefühl, das entsteht, wenn ein Mann über den Arsch kommt, auch beschreiben lassen. Die Antworten fielen unterschiedlich aus, doch prinzipiell war man sich einig, dass ein Prostataorgasmus um einiges länger anhält als einer, der über das Stimulieren des Schwanzes zustande kommt. Die meisten bezeichnen ihn als wohlig-warmes Gefühl, das in der Lendengegend entsteht, dann in den Bauch wandert und von da aus den ganzen Körper für mehrere Minuten einnimmt. Klingt für mich irgendwie wie mein eigener Orgasmus, und es ist ja kein Geheimnis, dass Frauen zwar seltener als Männer, dafür aber umso intensiver kommen. Wenn ich ein Typ wäre, wäre ich spätestens nachdem ich das gehört habe, total wild darauf, mich in den Arsch fingern zu lassen. Aber ich ticke da ja generell ein wenig anders als die Masse. Ich würde auch einen Apfelkuchen ficken, wenn ich einen Schwanz aus Fleisch und Blut hätte und nicht nur einen, der aus Silikon gefertigt ist.

Natürlich können Prostatamassagen auch nur dann geil sein, wenn der gebende Partner weiß, was er tut. Man darf zum Beispiel keinesfalls mit langen Fingernägeln in den Arsch eines anderen Menschen eindringen (ich empfehle hier Einmalhandschuhe, die schützen einerseits die empfindliche Darmwand und sorgen andererseits dafür, dass sich auch wirklich niemand die Finger schmutzig macht), und sinnloses Rumgestochere bringt es auch nicht. Das sollte aber eigentlich jede Frau, die selbst schon mal schlecht gefingert wurde, wissen. Außerdem zwingend erforderlich: Gleitgel. Spucke geht zur Not natürlich auch immer, ist auf Dauer aber wirklich nicht so geil, da sie ziemlich schnell wieder getrocknet ist. Spätestens beim Rausziehen des Fingers nach dem Orgasmus kann das mitunter ganz schön schmerzhaft werden, wie ich an meinem eigenen Arschloch bereits erfahren musste.

Die Prostata kann man fühlen, selbst wenn man von Schwielen bedeckte Bauarbeiterhände hat. Sie befindet sich etwa vier bis sechs Zentimeter hinter dem Darmeingang, ist kastaniengroß und fühlt sich an wie die Schale einer Walnuss, nur in weich. Hat man diesen Punkt gefunden, was jetzt echt nicht allzu schwer ist, muss man diesen einfach leicht in kreisenden Bewegungen massieren, um bei einem Mann ungeahnte Gefühle hervorzurufen. Manche mögen es natürlich etwas härter, aber ein sanfter Druck reicht meist schon aus, um das Gegenüber durchdrehen zu lassen. Um die Prostata zu massieren, muss man übrigens nicht zwangsläufig jemandem einen Finger in den Arsch schieben. Das geht nämlich auch »von außen«, quasi über die Stelle, die zwischen den Eiern und dem Arschloch liegt. Das ist dann zwar weniger intensiv, aber gerade, wenn man sich unsicher ist, ob einem das wirklich gefällt – sowohl passiv, als auch aktiv –, ein guter Weg, um sich an eine »richtige Prostatamassage« heranzutasten.

Natürlich will ich niemandem vorschreiben, dass er Prostatamassagen genauso geil zu finden hat wie ich. Ich bin allerdings der Meinung, dass man nichts verurteilen sollte, was man noch nicht ausprobiert hat. Vor allem, da wir hier nicht von so was reden wie Fäkalien, mit denen man sich gegenseitig die Körper einreibt und dann daran riecht, sondern einer Sache, die jetzt wirklich in keiner Weise irgendwie abartig oder komisch ist. Und wer es als »schwul« empfindet, sollte auf jeden Fall mal seine homophobe Einstellung hinterfragen.

Kleine Info am Rande: Nicht jeder schwule Mann mag es gerne von hinten. Und nicht jeder Mann, der sich gerne von einer vollbusigen Dame mit einem Strap-on den Darm penetrieren lässt, würde das Gleiche auch mit einem Mann machen. Sonst würde das ja auch bedeuten, dass jeder Typ, der gerne Frauen in den Arsch fickt, heimlich davon träumt, mal einen Kerl von hinten zu nehmen. Ob man Arschficks mag oder nicht, hat nichts mit der sexuellen Orientierung zu tun. Aber Doppelmoral wird ja gerade in diesem Kontext auch heutzutage noch besonders groß geschrieben.

Ich habe meinen Exfreund in den Arsch gefickt

»Wenn dir jemand das Herz bricht, dann brich ihm die Beine«, lautet ein zynisch – illustrer Spruch, den man frisch Verlassenen gerne mit auf den Weg gibt. Als seelische Stütze, mit einem gut gemeinten Augenzwinkern hinterher. Aber das ist Schwachsinn. Wenn jemand dein Herz fickt, dann ficke ihn. Aber so richtig. In den Arsch.

Ungefähr drei Monate ist es jetzt her, dass mein Freund mit mir Schluss gemacht hat, weil er ein nettes, braves und nicht so anstrengendes Mädchen kennengelernt hat. Natürlich war ich stinksauer und wünschte ihr die Pest an den Hals. Jeden Morgen, jeden Abend, jede Nacht. Nicht ganz so schlimm wie mit Bjarne, aber es war immer noch eine heftige Trennung. Bis ich merkte, dass der Fehler gar nicht bei ihr liegt, sondern bei ihm.

Die Sache mit den netten, braven und nicht so anstrengenden Mädchen ist nämlich die: Sie sind auch im Bett oftmals sehr nett und brav. Da werden nicht einfach mal so Fäuste in die Muschi gesteckt, und ins Gesicht spritzen geht auch nicht, klar. Mein Ex hatte sich jedoch dafür entschieden, statt der versauten Rotzgöre, die ihr Sexleben mit Vorliebe dem Internet erzählt, eines der lieben Mädchen seine neue Freundin zu nennen.

So kam es, dass er zwar echt verliebt, jedoch auch sexuell frustriert wurde und begann, mich mit den perversesten Nachrichten, die ich je in meinem Leben erhalten hatte, zu bombardieren. Und ich habe schon viele perverse Nachrichten in meinem Leben bekommen, schließlich mache ich ja auch keinen Hehl daraus, dass ich auf so etwas stehe.

Ich hatte mit dem Typen, von dem ich Dinge wusste, die die Grenzen des guten Geschmacks und sozialen Verständnisses leicht sprengten, bereits alles gemacht – von mehr oder weniger leckeren Golden Showers bis hin zur fast schon klinisch anmutenden Prostatamassage fehlte nichts, außer einer klitzekleinen Sache: dem gepflegten Fick mit einem Strap-on, also einem Penis aus Gummi, den man sich umschnallen kann.

Eigentlich ficke ich damit nur Mädchen. Ich genieße es sehr, meinen großen, harten Gummischwanz in ihre feuchten Mösen zu schieben und sie beim Kommen zu beobachten, während ich sie zärtlich ficke und mit der Zunge ihre Nippel lecke. Mir geht dabei so richtig einer ab, und ganz oft wünsche ich mir, einen richtigen Schwanz zu haben. Ich glaube nämlich, dass es ziemlich geil sein muss, wenn man am Schwanz spürt, wie feucht das Mädchen, das da unter einem liegt, eigentlich ist, und wie sich die Muskeln in ihrer Muschi zusammenziehen, wenn sie einen Orgasmus hat.

Männer damit in den Arsch zu ficken, gibt mir eigentlich nichts. Zumindest gab es mir nichts, bis ich es ausprobierte. Ich dachte immer, ich sei nicht der Typ, der andere gerne erniedrigt. Bis ... na ja, bis ich meinen Gummischwanz in das bis dato jungfräuliche Arschloch meines Exfreundes steckte. Oder in mein Arschloch von Exfreund. Im Prinzip kann man es nennen, wie man will.

Mein Ex hatte meinen fast schon episch anmutenden Strap-on schon häufiger bewundert, und ich glaube, insgeheim ist er auch heute noch neidisch darauf, dass ich selbst entscheiden kann, wie groß mein Schwanz ist. Und dass ich natürlich immer einen hochkriege, was bei ihm leider nicht immer der Fall war.

Manchmal trug ich den ledernen Harnisch auch für ihn und ließ ihn an meinem großen, schwarzen Schwanz saugen, doch gefickt habe ich ihn damit nie. Wie gesagt, Erniedrigung ist eigentlich nichts für mich – und es gibt ja wohl kaum etwas Erniedrigenderes für einen Mann, als sich nackt vor ein Mädchen zu knien und sich von einem Gummischwanz, der größer und härter ist als der eigene, penetrieren zu lassen.

Es war ein Freitagmorgen, und ich saß gerade mit meiner Mitbewohnerin im Wohnzimmer, um mir mit ihr alte »Buffy«-Folgen anzusehen, als mich seine WhatsApp-Nachricht erreichte: »Wir sollten es noch mal treiben, Baby. So richtig dreckig. Anspucken. Anpissen. Fisten. Und ich will, dass du mich mit dem Strap-on fickst.«

Meine erste Reaktion darauf war ein lautes Lachen, hatte er doch am Tag zuvor zu mir gesagt, dass er mich nicht mehr ficken will, weil er jetzt dieses Mädchen hat. Mein zweiter Gedanke war: Ich tu's. Natürlich hätte ich seinen Schwanz gerne in mir gehabt, alleine um zu beweisen, dass ich viel geiler bin als »dieses Mädchen«, das den Begriff Deep Throat vermutlich nur aus dem Urban Dictionary kennt.

Dass er jetzt jedoch angekrochen kam und wollte, dass ich meinen Schwanz in ihn stecke, machte die Sache noch viel spannender. Meine Mitbewohnerin saß derweil da und wusste nicht so genau, ob sie mich jetzt anfeuern oder aufhalten sollte – immerhin hatte mir der Typ aufs Übelste das Herz gebrochen und bei jedem Fick, den ich nach der Trennung eingegangen bin, immer ein Stück mehr davon behalten.

Letzten Endes entschied sie sich doch dazu, mich gehen zu lassen, half mir dabei, mir den Strap-on umzuschnallen – ich hatte nämlich vor, ganz stilecht mit Trenchcoat, Spitzenunterwäsche und besagtem Sexspielzeug bei meinem Exfreund aufzutauchen – und gab mir zur Verabschiedung selbst High Five.

Als ich die Wohnung meines Ex, zu der ich noch immer einen Schlüssel besitze, betrat, lag dieser bereits mit heruntergelassener Hose auf der Couch, zog sie jedoch schnell wieder hoch, als er mich in meinem Aufzug sah. Er hatte Schiss – das konnte ich bis hierher spüren. In dem Moment wollte ich eigentlich schon wieder umkehren. Wenn ich eines noch weniger leiden kann als Lügner, dann sind das wohl Loser, die große Reden schwingen, bis sie mit der Situation, von der sie angeblich so unglaublich krass träumen, konfrontiert werden.

Ich entschied mich jedoch dafür, zu bleiben und abzuwarten, bis er seinen Joint fertiggeraucht hatte. Ich wollte dann doch nicht unverrichteter Dinge nach Hause zurückkehren.

Also wartete ich, bis er fertig geraucht hatte, zwang ihn dann, sich vor mir zu entblößen, und versohlte ihm den Arsch dafür, dass er mich so lange hatte warten lassen. Dann schob ich ihm meinen Strap-on rein, wie er es zuvor immer so gern bei mir getan hatte, und fickte ihn, bis er mich wimmernd darum bat, ihn endlich kommen zu lassen. Den Gefallen tat ich ihm allerdings nicht. Ich tauschte lediglich meinen Gummischwanz gegen einen Buttplug, ließ ihn den Strap-on noch schnell sauberlecken und verschwand grußlos in die Nacht.

Es war als letzter Fick geplant, und ich fand, es war nicht meine Aufgabe, einem Typen, der meistens schon nach fünf Minuten abspritzte, einen letzten Orgasmus zu verschaffen, während ich in der gesamten Beziehung nach dem Sex eigentlich nur frustriert dalag und überlegte, wen ich wohl die Nacht darauf mit ins Bett nehme, nur um mal wieder so richtig geil zu kommen. Soll sich doch die Neue damit rumschlagen. Statt eines Orgasmus habe ich eben meine Genugtuung bekommen. Und eine Geschichte, die noch bei so einigen Saufrunden mit Freunden für Erheiterung und große Augen sorgen wird. Noch bevor ich zu Hause ankam, hatte ich eine weitere Nachricht von ihm auf dem Handy: »Das war echt geil, auch wenn ich mir jetzt selbst einen runterholen musste. Doch bitte erzähl keinem etwas davon.«

Tja, liebe Jungs, und auch liebe Mädchen, was soll ich dazu sagen? Fangt endlich an, zu euren sexuellen Vorlieben zu stehen. Man unterhält sich sowieso darüber, ob im Netz oder privat. Und nichts ist so geil wie ein Mensch, der seine Perversion nach außen tragen kann, ohne dabei rot zu werden und zu stottern.

Seitdem ich mir die Achselhaare nicht mehr rasiere, will kein Typ mehr mit mir schlafen

Seit etwa zwei Monaten lasse ich nun schon meine Achselhaare wachsen. Okay, das war zunächst keine bewusste Entscheidung, ich war vielmehr zu faul zum Rasieren, und es ist ja eh Winter und so, doch seit ein guter Freund mir so von Mädchen mit behaarten Achseln vorgeschwärmt hat, entferne ich die Haare ganz bewusst nicht mehr.

Zwischen den Beinen trage ich schon lange einen Busch, und ganz ehrlich, die Kerle stehen darauf – vielleicht, weil sie so das Gefühl haben, ihren Schwanz in eine richtige Frau zu stecken, und die sind nun mal untenrum behaart. Jetzt kräuselt sich auch unter meinen Armen was, und ehrlich: Ich finde es ziemlich geil. Es spart mir nicht nur unheimlich viel Zeit im Bad, sondern sieht auch noch echt sexy aus, finde ich.

Meine Freundinnen nennen den kleinen, aber gut gestutzten Busch unter meinen Armen »mutig«. Sie selbst sind alle glattrasiert, und irgendwie gehört sich das ja auch so. Sagt zumindest die Gesellschaft. Ich habe noch keine Frau in einer dieser möchtegern-glamourösen Zeitschriften gesehen, die nicht kahl unter den Armen war. Und obendrein auch noch sämtliche Poren und Fältchen aus den Achsel herausretuschiert bekommen hätte.

Manchmal geht das sogar so weit, dass am Ende gar keine Achsel mehr übrig ist. Mittlerweile scheint das gar nicht mehr zu den Photoshop-Fails zu gehören, sondern ganz normal zu sein. Das versteh ich. Achseln sind ja an sich auch irgendwie eklig. Mich würde zumindest niemand dazu bekommen, diejenige eines fremden Menschen abzulecken. Wobei ich gehört habe, dass es Leute geben soll, die dafür sogar eine Menge Geld bezahlen. Also, um anderen Menschen mal kräftig durch die Achselhöhle zu lecken und am besten dabei auch noch ganz viel Schweiß mit der eigenen Zunge aufzusammeln.

So hat jeder eben seinen eigenen Fetisch, und meiner sind seit kurzem eben Achselhaare. Bei Männern befand ich rasierte Achseln schon immer für einen riesigen Abturner. Ebenso wie komplett rasierte Gesichter, Bäuche oder Genitalien. Nur an den Eiern ist's okay für mich. Wobei es mir ein großes Rätsel ist, wie man das überhaupt hinbekommt als Kerl. Die meisten zucken ja schon zusammen, wenn man an den Eiern nur sanft zupackt. Wie das aussieht, wenn sie mit einem scharfen Rasierer an den Genitalien vor dem Badezimmerspiegel stehen, will ich mir lieber gar nicht vorstellen.

Seit neuestem mag ich aber auch behaarte Mädchen. Also Mädchen, die unter den Armen nicht rasiert, epiliert und gewachst sind. Leider gibt es davon noch immer viel zu wenige. Und ich glaub, ich weiß, woran das liegt.

Kürzlich habe ich von einer Party mal wieder einen Mann mit nach Hause geschleppt. Aufgerissen habe ich ihn in einem dieser kleinen, schäbigen Clubs in Friedrichshain, die viel zu schlechte Musik spielen und trotzdem immer so überfüllt sind, dass fast kein Platz zum Tanzen bleibt. Zwei Drinks kosten einen fast das komplette Budget, das man als Student zur Verfügung hat, aber dafür bekommt man die Drogen fast hinterher geschmissen. Vermutlich ist das der Grund, warum diese Clubs bei Touristen wie Berlinern gleichermaßen beliebt sind und fast immer aus den Nähten platzen.

Er war einer dieser großen, dürren Typen mit Brille und Vollbart, Karohemd und viel zu engen Jeans, die Schuhe bereits abgeranzt, der Jutebeutel voller Flecken von selbstgemischtem Mexikaner, von dem er eine Flasche mit in den Club geschmuggelt hatte. Typisch Hipster also. Ich mag diese Art von Jungs sehr gern. Sie halten sich für besonders cool, sind aber eigentlich bloß ein Klischee, über das das Internet sich vollkommen zurecht lustig macht. Nachdem wir eine Weile im Club geknutscht hatten und ich seinen Ständer mehr als nur erahnen konnte, schleppte ich ihn mit in meine Wohnung. Dort wurde direkt weitergeknutscht und der restliche Mexikaner geleert. Er küsste gut, und dass meine Zunge von dem feurigen Getränk so brannte, machte die Sache noch aufregender. Als es dann zur Sache ging, er mir ungeschickt mein enges Shirt über den Kopf zog und dabei meine Achselhaare zum Vorschein brachte, war es mit der sexuellen Stimmung auf seiner Seite allerdings direkt vorbei.

»Du bist nicht rasiert«, stellte er fest.

»Stimmt«, antwortete ich, »findest du das etwa schlimm?«

»Das ist mega eklig. Dabei wirkst du sonst nicht ungepflegt.«

Man stelle sich das Szenario an dieser Stelle bildlich vor: Ein Typ mit abgeranzten Schuhen und einem Jutebeutel, auf dem sich vermutlich mehr Flecken verschiedenster Flüssigkeiten befanden, als Pornostar Sasha Grey während ihrer ganzen Karriere jemals im Gesicht und in den Haaren hatte, wollte mir gerade erzählen, ich sei ungepflegt, weil ich meine Achseln nicht rasierte. Der Typ, der seinen selbstgemischten Mexikaner im Club an Wildfremde verteilt und sie alle aus ein und derselben Flasche hatte trinken lassen, ekelte sich vor ein paar Haaren.

»Du hast nicht zufällig 'nen Rasierer da?«, fragte er. »Wenn du die kurz wegmachen würdest, dann könnten wir hier weitermachen.«

In dem Moment war klar: Etwas musste weg. Das waren allerdings nicht meine Achselhaare, sondern der Typ, den ich hier gerade vor mir hatte. Egal, wie heiß er war, wie gut er küsste und wie wenig Mühe es mir bereitet hätte, kurz ins Bad zu verschwinden und mit frischrasierten Achseln wieder aufzutauchen. Wer aufgrund von ein paar feinen Härchen keinen mehr hochbekommt, kann auch sonst keine Granate im Bett sein. Meine Exfreunde und -freundinnen zumindest hat es nie davon abgehalten, mich zu ficken, wenn ich mal keine Lust hatte, mich zu enthaaren. Egal wo. Also tat ich das, was an meiner Stelle jeder halbwegs vernünftige Mensch getan hätte: Ich schmiss ihn mitsamt seiner bakterienverseuchten Mexikanerflasche raus, strich mit den Fingern über den Flaum unter meinen Armen und dankte ihm still dafür, dass er mich vor einem schlechten Fick mit einem auf den zweiten Blick eben doch eher unsympathischen Menschen bewahrt hatte.

Ähnliche Szenarien sind mir danach noch zwei weitere Male passiert, wobei es ein Typ sogar schaffte, mich zu fragen, ob Alice Schwarzer meine Mutter sei. Was genau das bedeuten sollte, hat sich mir bis heute nicht erschlossen. Klar war aber, dass er es definitiv nicht als Kompliment gemeint hatte und dass er behaarte Achseln abstoßend fand. Ich vermute, das ist genau der Grund, weshalb sich die meisten Mädchen, die zumindest mal mit Achselbehaarung experimentiert haben, früher oder später wieder davon trennten. Und das finde ich ziemlich schade, denn ich finde haarige Achseln wunderschön und Frauen, die auf eine Rasur verzichten, total sexy.

Flaschendrehen wird mit Mitte zwanzig wieder geil

Flaschendrehen – oder »Wahrheit oder Pflicht«, wie man es auch nennt – war so mit elf, zwölf Jahren mein absolutes Lieblingsspiel. Damals ging es natürlich noch ganz harmlos zu. Bei »Wahrheit« musste man solche Fragen beantworten wie »Hast du schon mal jemanden geküsst?« oder »Hast du schon mal die Unterschrift deiner Eltern gefälscht?«. Bei »Pflicht« war so das Härteste, dass man sich mit Klamotten unter die Dusche stellen oder einen Scherzanruf beim verhasstesten Lehrer der Schule machen musste. Irgendwann wurde das Spiel allerdings langweilig, und so geriet es für mehrere Jahre in Vergessenheit – bis in etwa zu dem Alter, als man anfing, regelmäßig zu saufen und sich die geleerten Bier- und Schnapsflaschen einfach dazu anboten, das gute alte Flaschendrehen wieder hervorzuholen.

Die Fragen waren natürlich nicht mehr so kindlich-unschuldig wie damals, als wir das Spiel zum ersten Mal entdeckt hatten, und auch die Aufgaben, die man erledigen musste, wenn man »Pflicht« wählte, waren alles andere als jugendfrei. So musste man zum Beispiel seine schmutzigsten Sexfantasien mit den anderen Spielern teilen, für 60 Sekunden den Sitznachbarn oder die Sitznachbarin küssen (mit Zunge!), zwei Flaschen Bier am Stück hintereinander exen oder seinen Hintern aus dem Fenster halten, sodass vorbeilaufende Passanten einen guten Blick auf alles hatten. Die Extremversion davon war »Strip-Flaschendrehen«, dessen Regeln ich hier, glaube ich, gar nicht näher erläutern muss. Spätestens, wenn einer der Teilnehmer nur noch in BH und Höschen oder Boxershorts auf dem Boden saß, war allerdings auch hier Schluss. Irgendwann verlor jedoch auch das für uns seinen Reiz.

Es ist tatsächlich noch gar nicht allzu lange her, dass wir den Reiz, den dieses Spiel in unserer Jugend auf uns ausübte, zum wiederholten Male wiederentdeckten. Es war eine relativ harmlose WG-Party mit zehn oder elf verschiedenen Leuten. Wir haben geredet, getanzt und gesoffen und eben so das gemacht, was auf solchen Partys üblich ist. Bis ... ja, bis jemand die kluge Idee hatte, dass man doch mal wieder Flaschendrehen spielen könnte. Etwa 70% der anwesenden Personen verdrehten genervt die Augen, der Rest war sofort Feuer und Flamme. Nach den ersten paar noch relativ harmlosen Runden gesellten sich jedoch auch die Leute dazu, die dem Spiel zuvor eher ablehnend entgegengestanden hatten.

Ich denke, ich muss nicht dazusagen, dass das Spiel nach etlichen Flaschen Bier, Schnaps und Wein total eskalierte. Bereits nach einer halben Stunde waren die ersten Spieler splitterfasernackt und vergnügten sich miteinander in den verschiedenen Räumen der Wohnung, weil die Flasche und die Wahl auf Pflicht das so entschieden haben. Das hat uns alle so gekickt, dass wir irgendwann die Option »Wahrheit« ganz rausfallen ließen und die Flasche letzten Endes nur noch entschied, wer mit wem als Nächstes rummachen, fummeln oder ficken würde. Ich glaube, ich hatte bereits erwähnt, dass mein Freundeskreis, was das betrifft, sehr offen ist und dass es auch kein Problem darstellte, dass mindestens die Hälfte der anwesenden Personen in festen Beziehungen und teilweise sogar mit dem eigenen Partner da war.

Ich hatte an diesem Abend besonders großes Glück. Als ich wieder einmal an der Reihe war, die leere Beck's-Flasche zu drehen, zeigte sie auf eine Freundin von mir, die ich schon lange ziemlich geil fand, mit der sich allerdings bisher noch nie mehr als ein paar harmlose Knutschereien im Club ergeben hatten.

Wir gewannen eine Runde »7 Minuten im Himmel«, das Spiel, bei dem man für exakt sieben Minuten in einen dunklen Schrank – oder in unserem Fall das Badezimmer – eingesperrt wird und dort tun und machen darf, was man schon immer mit der anderen Person machen wollte. Ich denke, ich muss nicht dazusagen, dass wir unsere sieben Minuten dazu nutzten, unsere Körper zu erkunden. Wir küssten und leckten uns, steckten unsere Finger in die feuchte Muschi der jeweils anderen, drückten uns gegenseitig an die kalten Fliesen an der Wand und gaben uns nicht mal Mühe, leise zu sein, obwohl wir genau wussten, dass die anderen uns hören konnten. Es ist erstaunlich, wie viele Orgasmen man in einer so kurzen Zeit haben und einem anderen Menschen bescheren kann. Und auch, wie wenig Hemmungen man plötzlich hat, wenn sich die Umstände nur ein klein wenig verändern –

immerhin hätten wir bereits zu früheren Zeitpunkten die Möglichkeit gehabt, es wild miteinander zu treiben. Haben wir aus irgendwelchen Gründen aber nicht.

Ein paar Runden später landete ich dann mit meinem Exfreund im Bett. Das war allerdings eher weniger geil. Auch wenn wir immer noch gute Freunde sind, gibt es definitiv Gründe, warum wir nicht mehr miteinander ins Bett gehen. Dieser Abend hat das ganz deutlich gezeigt, denn obwohl wir uns beide Mühe gaben, dem anderen wenigstens ein bisschen Lust zu bereiten – immerhin ging es bei dem Spiel ja auch irgendwie um genau das –, lief so gut wie nichts. Ich glaube, wir haben nach zwei gescheiterten Anläufen, den anderen zu erregen, fünf von den sieben Minuten nur darauf gewartet, dass uns jemand aus unserer misslichen Lage befreien würde. Aber auch das gehört eben dazu und macht ja auch einen gewissen Reiz aus, wenn man Flaschendrehen spielt.

Alles in allem endete ein zu Beginn eher typischer und harmloser Abend in einer riesengroßen Orgie. Für meine Freunde und mich definitiv ein Grund, jetzt mit Mitte 20 wieder häufiger zur Flasche zu greifen und »Wahrheit oder Pflicht« zu spielen. Ich kann das wirklich nur jeder Clique empfehlen, die von den immer gleichen WG-Partys genervt ist. Die lösen sich nach nur wenigen Stunden eh auf, damit die eine Hälfte in irgendwelche Clubs weiterziehen und die andere Hälfte nach Hause gehen kann. Man muss ja nicht gleich mit so extremen Regeln spielen, wie wir das gerne tun. Für den Anfang tut's auch eine ganz normale Runde »Wahrheit oder Pflicht«. Man lernt seine Freunde auf jeden Fall noch mal auf eine ganz andere, sehr intime Weise kennen.

Und so gern ich auch erwachsen bin: Manchmal ist es einfach geil, sich wieder wie ein Teenager zu benehmen. Auch wenn es nur bei einer Runde Flaschendrehen so ist und man am nächsten Tag aufsteht und ins Büro geht, als wäre nichts passiert.

Fantasien, die für immer Fantasien bleiben sollten

Ich bin ja riesengroßer Fan von Fantasien. Nicht nur auf Sex bezogen, sondern generell auf alles. Ich liebe es, mich in Tagträumen zu verfangen. Egal, ob ich gerade in der Uni sitze oder zu Hause im Bett liege. Die Fantasie erlaubt einem einfach alles, was im normalen Leben nicht möglich oder nicht gestattet ist. In Gedanken kann man zum Beispiel auf Einhörnern durch den Weltraum reiten. Oder Morde begehen. Ernsthaft, wer sind diese Menschen, die noch nie daran gedacht haben, einen anderen Menschen umzubringen? Ich meine jetzt nicht die, die in ihren Gedanken tatsächlich eine Tötung planen, sondern die, die sich einfach nur vorstellen, wie der Erzfeind stirbt. Zum Beispiel durch einen Autounfall. Oder weil jemand sie wie in dem Horrorfilm »Saw« in Fallen eingesperrt hat, aus denen sie sich nicht befreien können, während man selbst am Zuschauerrand sitzt und sich zu ihrem Leid einen runterholt. Na gut, vielleicht nicht gleich so drastisch, aber es hat sich garantiert jeder Arbeitnehmer, der von seinem Chef tagein, tagaus rumgescheucht wird, vorgestellt, wie der Arbeitgeber versehentlich die Treppe runterfällt und sich so die Beine bricht, dass er für vier bis sechs Wochen außer Gefecht gesetzt ist. Und solange das tatsächlich nur im Kopf stattfindet, erachte ich das als ziemlich harmlos.

Ich glaube wirklich, dass jeder Mensch Fantasien hat, die im Allgemeinen als unangemessen, verwerflich oder regelrecht krank und falsch gelten. Aber nur, weil man gerne von gewissen Sachen träumt, die in diesen Bereich fallen, muss man sie noch lange nicht ausleben wollen. Gerade im sexuellen Bereich darf und sollte man alle Fantasien ausleben, die man hat, sofern alle beteiligten und volljährigen Personen damit einverstanden sind. Dann ist es auch egal, ob das von der Gesellschaft als abnormal angesehen wird. Was zählt, ist das gegenseitige Einverständnis.

Stichwort Vergewaltigungsfantasien. Obwohl ich in meinem Leben bereits vergewaltigt worden bin, genieße ich dennoch, im abgesprochenen Rahmen mit Partnern, denen ich vertraue, das so genannte »rape play«, also das Spielen einer Vergewaltigungsszene. Wenn ich das vor anderen laut ausspreche, ist der Aufschrei für gewöhnlich groß, doch mir geht das ziemlich am Arsch vorbei. Wenn du keinen Bock auf Vergewaltigungsspielchen mit deinem Partner hast, mach es einfach nicht.

Dennoch gibt es so einige Dinge, die ich in meiner Fantasie zwar unfassbar geil finde, im echten Leben allerdings niemals ausleben möchte, weil sie dann doch irgendwie meine Grenzen überschreiten. Ich träume zum Beispiel relativ häufig davon, mit verbundenen Augen auf einen Tisch gefesselt zu sein. Meine Beine sind weit gespreizt, und jeder, der vorbeikommt, kann sich nehmen, was er will. Die Männer, die im Raum mit anwesend sind und von denen ich nicht weiß, wie sie aussehen oder wie ihr genereller Charakter ist, nehmen mich nacheinander richtig durch, verteilen ihren Samen auf mir und behandeln mich wie ein rohes Stück Fleisch, indem sie ihre Lust ausleben, ohne auf meine Wünsche und Gefühle Rücksicht zu nehmen. In meiner Vorstellung ist das tierisch geil. Im echten Leben würde ich das allerdings nie machen. Ich muss die Menschen, mit denen ich was anfange, wenigstens schon mal gesehen haben, bevor ich mit ihnen in die Kiste steigen kann.

Das ist natürlich nur eine der Fantasien, die in mir schlummern und die ich nach Belieben hervorhole, mit dem Wissen, dass ich sie niemals ausleben würde. Es gibt noch zahlreiche andere, wie beispielsweise Sex, während mir jemand eine Pistole an den Kopf hält. Das fällt ebenfalls ganz klar unter eine persönliche Grenze, die ich zwar gedanklich sehr erregend finde, allerdings niemals in die Tat umsetzen würde.

Manche Fantasien muss man auch einfach ausprobiert haben, obwohl sie einem bei genauerer Betrachtung absolut absurd erscheinen. Ich glaube, deshalb kann ich heute auch so genau sagen, was ich in die Tat umsetzen möchte und was nicht. Fantasien – insbesondere auch sexuelle – sind in meinen Augen wichtig, um sich selbst zu ergründen. Deshalb sollten sie auch nicht achtlos beiseitegeschoben werden, nur weil sie in der Gesellschaft irgendwie als anrüchig gelten. Ich finde, man sollte auch offen darüber reden können. Also über alle Fantasien. Gewisse Tabus gehören zumindest in den Köpfen der Menschen gebrochen. Vor allem in den eigenen.

Seien wir doch mal ehrlich: Ohne Fantasien wäre unser Sexleben doch irgendwie auch langweilig. Oder das Leben generell. Erregung ist zu einem ganz großen Teil Kopfsache, also wieso nicht an einen anderen Mann denken, wenn man es mit dem eigenen Partner treibt? Solange man das nicht in die Tat umsetzt, tut es niemandem weh. Und man zeige mir bitte die Person, die sich beim Sex noch nie gewünscht hat, dass statt dem Menschen, der da gerade penetriert oder penetriert wird, Angelina Jolie oder Brad Pitt unter oder über ihr liegt. Manchmal sind es ja gerade auch die Dinge, die man nicht haben kann, die einen unfassbar erregen. Es gibt aber auch Erfahrungen, die man sich wirklich einfach sparen kann.

Meine Beziehung zu einem Cuckold

Einer meiner zahlreichen Exfreunde ist ein Cuckold. Ein Cuckold ist ein Mann, der sexuellen Lustgewinn dadurch erlangt, dass seine Partnerin es mit anderen Männern treibt. Während meiner Beziehung zu ihm habe ich unzählige Typen gefickt – nur eben meinen Exfreund nicht. Es war eine der geilsten und befriedigendsten Beziehungen, die ich je hatte. Und zwar, weil »Fremdgehen« hier nicht verboten, sondern sogar ausdrücklich erwünscht war.

Mein Exfreund ist Musiker. Nicht so einer, der in irgendwelchen siffigen Kneipen spielt, sondern jemand, der auf großen Bühnen steht und dessen Name wohl den meisten hier geläufig ist, auch wenn ich ihn nicht nenne. Er sieht wahnsinnig gut aus und könnte vermutlich Sex mit jeder Frau und jedem Mann auf diesem Planeten haben, wenn er es denn darauf anlegen würde. Er will aber nicht. Er sieht lieber dabei zu, wie die Frau, die er liebt und mit der er in einer festen Beziehung ist, sich von anderen Männern ficken lässt. Natürlich ist das im ersten Moment irgendwie komisch, wenn du dich so richtig hart verknallst und dich gegenseitig total attraktiv findest, aber ganz schnell damit konfrontiert wirst, dass Sex miteinander vollkommen tabu ist. Es ist auf alle Fälle ziemlich ernüchternd, denn ich kann nicht abstreiten, dass ich meinen Ex auch heute noch gerne in mir spüren würde und dass ich seit unserer ersten Begegnung Lust darauf habe, ihn mit meinem Strap-on durchzunehmen. Ich hab mich aber relativ schnell damit arrangiert. Ich bin ja offen für fast jeden Kink, und wenn ich jemanden richtig gut finde, dann probiere ich mit dieser Person auch alles aus. Unsere Beziehung ist übrigens nicht daran gescheitert, dass er und ich es nie direkt miteinander getrieben haben oder daran, dass ich mich beim Sex mit anderen Menschen in eine dieser Personen verknallt habe, sondern daran, dass er aufgrund seiner Karriere fast nie da war und es auf Dauer für beide Seiten zu schwierig wurde, Kontakt zu halten.

Unsere Beziehung unterschied sich im Alltag nicht wesentlich von anderen Beziehungen. Der Musiker und ich verbrachten viel Zeit miteinander, wir gingen ins Kino, unterhielten uns über Kunst und Literatur, aßen Pizza, stritten uns über Feminismus und teilten ein Bett miteinander. Nur, dass da eben nicht mehr lief als ein bisschen knutschen und kuscheln. Manchmal masturbierten wir voreinander, doch unser eigentlicher Sexualakt bestand aus etwas anderem.

Ich lud regelmäßig andere Affären zu uns nach Hause ein und ließ mich von ihnen ordentlich durchnehmen, während mein Ex devot daneben saß und uns zusah. Er wichste noch nicht einmal dazu. Ihn turnte diese Erniedrigung, einfach daneben zu sitzen und nichts tun zu können, so sehr an, dass er sich nicht einmal anfassen musste, um unfassbare Lust zu empfinden. An anderen Tagen ging ich aus und kam die Nacht über nicht nach Hause, trieb es mit fremden Kerlen in Bars, auf Clubtoiletten und in ihren Betten und erzählte meinem Ex davon, wenn ich nach Hause kam. Es klingt absurd, aber es machte uns beide unheimlich scharf, und irgendwann störte es mich auch gar nicht mehr, dass ich nicht mit ihm, sondern nur mit anderen schlafen konnte, weil mich diese Art der Beziehung genauso anmachte und befriedigte wie ihn.

Ich kann mir sogar vorstellen, das noch einmal zu tun. Mit einem anderen Mann oder auch mit einer Frau. Aber vielleicht dann doch unter ein wenig anderen Voraussetzungen. Ich würde schon auch gerne mit meinem festen Partner Sex haben können. Ich wäre auch gerne mal die Person, die nur zuschaut und erniedrigt wird, wenn ihr Freund oder ihre Freundin einen oder eine andere fickt, während ich hilflos zusehen muss, wie die beiden miteinander Spaß haben.

Fremdgehen kann unfassbar geil sein. Also natürlich dann, wenn es abgesprochen und erwünscht ist. Wenn es verheimlicht wird oder einer der Partner nicht zugestimmt hat, ist es Betrug und gehört sich nicht. Aber so eine total offene, sexuelle Beziehung ist schon irgendwie mein Kink. Es festigt in meinen Augen tatsächlich das Vertrauen zueinander und zerstört es nicht, wie so gerne behauptet wird.

Cuckolding ist natürlich sehr speziell, und ich bezweifle auch, dass wirklich jeder darauf steht, aber für mich war es eine Erfahrung, die mich viel über meine eigene, aber auch über die Lust meiner Partner gelehrt hat. Dieser Ex war übrigens auch derjenige, den ich mit einem Peniskäfig keusch gehalten habe. Auch das war unfassbar heiß, obwohl ich mir das nie hätte träumen lassen. Nach unserer Trennung hat er den Käfig übrigens behalten, während die Schlüssel dafür bei mir blieben. Mich erregt die Vorstellung sehr, dass er vielleicht eines Tages seinen Schwanz da wieder reinsteckt, den Käfig schließt und auf mich angewiesen ist, weil er sich alleine nicht daraus befreien kann. Zumindest nicht, ohne dass es für ihn tierisch peinlich wird. Sollte das irgendwann mal vorkommen – ich hoffe ja tatsächlich ein wenig darauf –, dann werde ich diese Macht bis zum bitteren Ende ausnutzen und ihn noch einmal dabei zusehen lassen, wie ich von einem meiner neuen Freunde durchgenommen werde. Ich glaube, er verspürt danach auch eine ähnliche Sehnsucht wie ich, auch wenn ich es nicht so genau weiß. Mir ist nur bewusst, dass es sehr wenige Frauen gibt, die sich auf solche Spielchen einlassen – und ich für meinen Teil wäre doch sehr angetan davon, wenn er nur deswegen zu mir zurückkommen würde. Ich bin eine kleine, perverse Schlampe – und ich liebe es.

So fühlt sich Sex mit jemandem an, der auf Scheiße steht

Es war ein typischer Samstagmorgen, als das Klingeln meines Handys mich aus dem Schlaf riss. Mit halboffenen Augen hob ich ab und krächzte ein »Hast du eine Ahnung, wie viel Uhr es ist?« in den Hörer. »Ich bin gerade in der Nähe«, sagte die Stimme am anderen Ende. »Bring Kaffee mit«, antwortete ich und legte auf.

Zehn Minuten später stand Damian vor meiner Tür, in jeder Hand einen Pappbecher mit Heißgetränken und sichtlich gezeichnet vom Drogenkonsum der letzten Nacht. Ich nahm ihm einen der Becher ab und deutete mit dem Zeigefinger auf die Tür zu meinem Zimmer. Dann nahm ich einen Schluck von meinem Kaffee und schlurfte Damian hinterher.

Damian ist Türsteher bei einem bekannten Berliner Nachtclub. Ich lernte ihn kennen, weil ich ihm genau dort mal auf seine niegelnagelneuen, blütenweißen Sneakers gekotzt hatte. In den Club durfte ich zwar nicht, dafür aber Damian ein Paar neue Schuhe kaufen. Und irgendwo dazwischen sind wir Freunde geworden. Das ist eben auch Berlin.

»Was gibt's, Damian?«, fragte ich und kuschelte mich wieder in mein Bett, den Kaffee noch in meiner Hand.

»Wir haben uns lange nicht mehr gesehen«, antwortete er, »und ich war gerade sowieso hier.«

Mir war klar, dass das nicht die ganze Wahrheit war. Niemand klingelt dich frühmorgens aus dem Bett, ohne Drogen oder Sex von dir zu wollen. Da er bereits ordentlich zugedröhnt war, konnte es ihm nur um Sex gehen.

»Nadine«, setzte Damian an, »weißt du noch, damals, als du mir auf meine neuen Air Max gekotzt hast?«

»Wie könnte ich das nur vergessen?«, antwortete ich in ironischem Tonfall.

»Ich will ...«, stammelte er. »Also ... meinst du, du könntest mir mal auf den Schwanz kotzen?«

Ich brach in hysterisches Lachen aus, und ein Schluck meines Kaffees schwappte trotz des Deckels auf meine Bettwäsche und hinterließ einen dunkelbraunen Fleck. An seiner Reaktion jedoch bemerkte ich, dass er das vollkommen ernst meinte. Er lachte nämlich nicht mit, sondern vergrub beschämt sein Gesicht hinter seinem Kaffeebecher.

»Entschuldige bitte«, schob ich schnell hinterher. »Es ist einfach ... beim Kotzen hab ich immer das Gefühl, innerhalb der nächsten drei Sekunden sterben zu müssen. Ich krieg dann immer keine Luft, das Gefühl ist einfach ekelhaft.«

»Hm«, sagte Damian. »Dann ... kennst du Veronica Moser?«

»Veronica wer?«, fragte ich.

»Ich zeig sie dir«, sagte mein Freund, »– wenn ich mal kurz an deinen Laptop darf?«

Ich schob ihm mein MacBook entgegen, gespannt darauf, was jetzt kommen würde. Vermutlich nichts sonderlich Gutes, aber ich wollte auch nicht gleich die Spielverderberin sein. Und irgendwie war ich ja auch neugierig auf das, war Damian mir zeigen wollte. Er tippte irgendwas in den Computer ein, und bevor er den Laptop wieder so drehte, dass auch ich den Bildschirm sehen konnte, sagte er: »Ich hab das noch nie jemandem gezeigt vorher, bitte werd nicht gleich sauer.«

Im Browserfenster war YouTube geöffnet. Für einen kurzen Moment war ich erleichtert. Wenn es auf YouTube war, dann konnte es nicht so schlimm sein. Damian schaltete das Video an.

»Ist das Veronica Moser?«, fragte ich. Der Film zeigte eine dunkelhaarige Frau etwa Mitte fünfzig, die an einem Tisch saß und rauchte. Ich empfand sie nicht als sonderlich attraktiv, aber auch nicht hässlich.

»Psst«, machte Damian, also war ich still und begann, der Frau zu lauschen.

»Und, was sagst du?«, fragte mein Kumpel, nachdem das etwa zehnminütige Interview vorbei war.

»Tja.«

Was sollte ich dazu sagen? Es hatte sich herausgestellt, dass Veronica Moser eine internationale Größe im Bereich »scat porn« war. Also Pornos, in denen es um Scheiße ging. In denen vor laufender Kamera in offene Münder gekackt wurde und Kot dazu benutzt wurde, sich am ganzen Körper damit einzureiben.

»Sympathisch ist sie«, sagte ich in der Hoffnung, um das andere Thema noch einen Moment herumzukommen.

»Und der Inhalt?«, hakte Damian nach.

»Ja, der Inhalt ist natürlich Scheiße«, antwortete ich bewusst doppeldeutig. »Ich verstehe die Faszination daran, es ist vermutlich eines der krassesten Dinge, die man machen kann, aber der Gedanke daran macht mich nicht an.« Damian schwieg einen Moment. »Aber eklig findest du es nicht?«, fragte er.

»Was heißt schon eklig«, entgegnete ich. »Ich würde es nicht machen wollen, und wenn ich müsste, dann nur als der Part, der kackt, und nicht der, der angeschissen wird.«

»Würdest du … ich meine … jetzt …?«, fragte Damian und sah mich mit großen Augen an.

»Würde ich was, mein Lieber? Dich ankacken? Haha, das kannst du dir direkt mal wieder aus deinem zugedröhnten Köpfchen schlagen. Erstens muss ich nicht. Zweitens, selbst wenn ich müsste, könnte ich keinen vor den Augen eines anderen Menschen abseilen. Und drittens: Nein. Einfach Nein.«

Ich merkte Damian seine Enttäuschung richtig an, obwohl – oder vielleicht auch gerade weil – er nichts sagte. Das tat mir irgendwie leid. Also unterbreitete ich ihm einen Vorschlag: »Was ist, wenn ich dir erzähle, wie ich dich ankacke, und du holst dir dabei einen runter?«

»Das würdest du wirklich tun?«

»Klar«, meine ich, »das ist jetzt nicht so der Riesenaufwand für mich. Wir wissen beide, dass ich eine sehr ausgeprägte Fantasie habe und ganz gut im Erzählen bin.« Was ich vor Damian bewusst verschwieg, war die Tatsache, dass ich total neugierig darauf war, wie er abgehen würde, wenn ich ihm von meinen Darminhalten erzählte.

Also erfand ich eine nette kleine Geschichte darüber, wie ich auf ihn kackte, beschrieb die Konsistenz, den Geruch und den Geschmack meines Fantasiekots und sah dabei zu, wie Damian sich dazu seinen Schwanz rieb, bis er zum Orgasmus kam. Er war total angetan davon und wollte das gern wiederholen. Ich hingegen war eher amüsiert und wollte es bei diesem einen Mal belassen. Angemacht hat es mich nämlich nicht, und wenn mich schon das Sprechen darüber nicht kickt, dann der »real shit« wohl erst recht nicht. Ich fand es aber ausgesprochen mutig von Damian, mir so offen von seinen außergewöhnlichen Fantasien zu erzählen, auch wenn er auf Drogen war und das Geheimnis vermutlich schon viel zu lang mit sich herumgeschleppt hatte. Wir tranken noch gemeinsam unsere Kaffees aus, dann schmiss ich Damian raus und sah mir erst mal einen Zeichentrickfilm an, um von dem Gedanken an Menschen, die sich gerne mit Kot einreiben, erst mal loszukommen.

Es ist noch gar nicht allzu lang her, dass ich Damian wieder traf, und zwar vor dem Club, in dem er als Türsteher arbeitete. Diesmal kotzte ich ihm glücklicherweise nicht auf seine Sneakers, aber bei der Umarmung zur Begrüßung flüsterte er mir ins Ohr, dass er jemanden gefunden hätte, der seine Fantasien mit ihm auslebt. In einem Internetforum für Menschen, die es gern mit Kacke treiben. Und tatsächlich, auch wenn ich mit diesem Fetisch gar nichts anfangen kann, freute ich mich sehr für ihn. So sehr, dass ich an der Bar erst einmal einen Schnaps auf ihn trinken musste. Und vielleicht auch ein bisschen, um den Gedanken herunterzuspülen, dass ich gerade einen Typen, der sich gerne mit Scheiße einreibt, umarmt habe.

Acht Fetische, die das Leben spannender machen

Jetzt habe ich so viel über die verschiedensten Fetische, mit denen ich in Berührung gekommen bin, geschrieben, dass man fast den Überblick darüber verliert. Deshalb präsentiere ich nun zusammengefasst die sexuellen Spielarten, die man meiner Meinung nach unbedingt einmal ausprobieren sollte.

Rollenspiele

Lasst uns langsam anfangen, und zwar mit Rollenspielen. Davon habt ihr nämlich zumindest schon einmal gehört. Man kann es sich in etwa vorstellen wie das, was man zu Schulzeiten in der Theater-WG gemacht hat. Nur, dass man nebenbei auch noch fickt. Die gängigsten Szenarien, die auch in Pornos häufig zum Einsatz kommen, sind wohl Polizist*in, Krankenschwester oder der Handwerker, der »dringend ein paar neue Rohre verlegen muss«. Für die, die während dieser Zeilen ein Gähnen unterdrücken oder gelangweilt die Augen verdrehen, weil Rollenspiele »ja kein richtiger Fetisch sind«, habe ich noch ein paar andere parat. Wie wäre es zum Beispiel, wenn ihre eure Freundin mal in Windeln steckt und aus Schnabeltassen trinken lasst? Das wäre dann »Adult Baby Play«. Oder ihr zieht mal die Kleidung eurer Partnerin an und lasst euch von ihr zu einer Sissy, einem entmännlichten Mann, erziehen. Und dann gibt es da ja auch noch »Pet

Play«, bei dem einer der Partner in die Rolle eines Tieres schlüpft ... Wuff!

Latex

Auch nicht sonderlich außergewöhnlich ist der Fetisch für Latexbekleidung. Warum man sich freiwillig in eine Art Ganzkörperkondom zwängen sollte, fragt ihr? Nun, weil es geil ist. Und mit dem, was ihr in billigen RTL2-Swinger-Dokus gesehen habt, ganz und gar nichts zu tun hat. Latexbekleidung kann wirklich gut aussehen – so umwerfend, dass sogar einige Prominente darin über den roten Teppich schreiten. Worauf es hierbei ankommt, ist vor allem die Qualität des Stoffes. Wenn ihr also eine geheime Vorliebe für Latex habt, die ihr nun endlich mal ausleben wollt, geht vielleicht nicht unbedingt zu dem Sexshop am Bahnhof, sondern beispielsweise zu HighGlossDolls.

Spanking

Einen leichten Klaps auf den Po findet beim Sex eigentlich fast jeder ein bisschen scharf. Mit richtigem Spanking hat das allerdings jedoch wenig zu tun. Dort werden nämlich die Schläge zur Haupt- und der eigentliche Sex zur Nebensache. Und das kann wirklich unfassbar erotisch sein! Man muss es ja nicht gleich in eine Prügelei ausarten lassen. Den Partner oder die Partnerin über das Knie zu legen und ihm oder ihr mit der flachen Hand leicht den Hintern zu versohlen, reicht meistens schon aus, um die Sache anzuheizen. Von da kann man sich dann ganz leicht nach oben steigern – von Schlägen mit Paddles über Ledergerten bis hin zum Klassiker, dem Rohrstock. Tobt euch aus, ich verspreche euch, ihr werdet nicht enttäuscht sein!

Rope Bondage

Fesselspielchen probiert im Laufe seines Sexlebens wohl jeder einmal aus. Ich denke da zurück an die Zeit, wo quasi in jedem Schlafzimmer eines pubertierenden Teenagers ein paar Handschellen mit Plüschbezug mehr oder weniger auffällig neben dem Bett platziert waren. So musste man wohl zeigen, dass man in Sachen Sex wirklich offen ist! Dass das kein Stück erotisch ist, muss ich an dieser Stelle hoffentlich niemandem sagen. Was jedoch sexy ist, ist Rope Bondage, also Fesselspielchen mit Seilen. Hier entspricht das Fesseln quasi dem Akt an sich. Ich würde aber niemandem empfehlen, jetzt einfach loszulaufen, ein paar Meter Seil zu kaufen und den Partner darin einzuwickeln. Bondage hat viel mit Technik zu tun, und das will gelernt sein; damit sich niemand ernsthafte Verletzungen zuzieht, gibt's inzwischen in jeder größeren Stadt Kurse.

Strap-on-Sex

Wir wissen inzwischen, dass Jungs es gerne haben, wenn man ihnen Dinge in den Arsch steckt – auch wenn sie das nicht immer offen zugeben. Die allermeisten gehen voll drauf ab, wenn man sie mit einem Finger penetriert, während man ihren Schwanz lutscht. Warum es also nicht mal mit einem Schwanz aus Gummi versuchen? Das ist weder schwul noch irgendwie erniedrigend – es sei denn, man will, dass es das ist. Dazu gehört aber ein bisschen mehr, als der Freundin den Arsch hinzuhalten, damit sie ihn ficken kann. Strap-on-Sex ist eine sehr erotische Angelegenheit, die von viel Vertrauen zwischen zwei Partnern zeugt. Zu sehen, wie der eigene Typ sich einem Schwanz hingibt, ist auch für die penetrierenden Frauen unfassbar geil. Man sollte nur nicht direkt mit dem Monsterdildo anfangen, sondern für den Anfang lieber etwas wählen, das nicht droht, die Rosette zu zerreißen.

Orgasmuskontrolle

Orgasmen sind geil, keine Frage, und wir alle hätten gerne mehr davon, all days, every day. Wer aber mal in den Genuss von Orgasmuskontrolle gekommen ist, wird mir zustimmen, wenn ich sage, dass Orgasmen erst dann richtig geil sind, wenn man lange Zeit nicht kommen durfte. Obwohl man unbedingt wollte und den Höhepunkt vor Geilheit kaum noch zurückhalten konnte. Außerdem ist es unfassbar scharf, wenn man über einen anderen Menschen (mit Consent!) so viel Macht ausüben kann, dass man ihm den Orgasmus einfach verbieten kann, wenn man Bock darauf hat. Für mich gibt es kaum etwas Besseres, als einen Typen zu reiten, der fast wahnsinnig wird, weil er kurz davor ist abzuspritzen, aber es zurückhält, bis ich ihm erlaube, seinen Saft in mich zu schießen. Ich selbst fahre auch sehr darauf ab, den Menschen, der es mir besorgt, so lange anzubetteln, dass ich kommen darf, bis er es mir erlaubt. Ich lüge nicht, wenn ich sage, dass sich Orgasmen dieser Art jedes Mal wieder so anfühlen, als wäre es das erste Mal, dass man in den Genuss des sexuellen Höhepunkts kommt.

Golden Showers

Ich verstehe, dass Pinkelspiele nicht jedermanns Sache sind, aber ausprobieren kann man das Ganze ruhig. Wenn ihr nicht Unmengen an Drogen in euch reinstopft, ist die Sache vollkommen unbedenklich, denn Urin ist steril, und man kann ihn sogar trinken. Auch wenn ich zu Beginn selbst etwas Hemmungen hatte, auf einen anderen Menschen zu pinkeln, so hab ich inzwischen doch Gefallen daran gefunden, denn es gibt wohl kaum etwas Intimeres, als sich dabei zuschauen zu lassen, wie man gerade pisst. Pipi ist außerdem schön warm und macht die Haut weich, also nur zu, lasst es ordentlich auf euren Partner oder eure Partnerin laufen. Denkt aber bitte daran, es an einem Ort zu tun, wo es ruhig auch rundherum etwas nass werden darf. Im Bett, wo man noch schlafen will, kommen Golden Showers nicht so gut.

Figging

Mein persönlicher Lieblingsfetisch ist im wahrsten Sinne des Wortes eine scharfe Angelegenheit. Beim Figging schiebt man sich nämlich frischen geschälten Ingwer in diverse Körperöffnungen. Eingeführt erzeugt Ingwer auf den Schleimhäuten ein schmerzhaftes und langanhaltendes Brennen, ohne dabei gesundheitliche Schäden hervorzurufen, wie es beispielsweise Chilischoten tun. Figging eignet sich ganz hervorragend, um einen devoten Partner zu bestrafen. Dann aber selbstverständlich, ohne dass derselbe in den Genuss eines Orgasmus kommt. Ich kann euch nur empfehlen, es einfach mal auszuprobieren. Man muss sich ja nicht gleich eine komplette Ingwerwurzel in irgendeine Körperöffnung stecken. Mit dem Ingwer an den Schleimhäuten zu reiben, reicht schon aus, um einen Effekt zu erzielen. Wie sich das anfühlt, kann sich jeder, der schon mal ein frisches Stück Ingwer gekaut hat, vorstellen. Also, nichts wie los in den nächsten Supermarkt! Wer zu Hause den Mut verliert, kann sich immer noch einen Tee aus der Wurzel kochen, statt sich selbst oder den Partner damit zu penetrieren.

Wenn du kein Arschloch bist, benutzt du beim Sex Kondome

Es gibt kaum eine Frage von Männern, die mich so sehr aufregt wie: »Wie, du nimmst die Pille nicht?« Okay, erst mal 'ne relativ normale Frage, doch wenn man genauer draufschaut, steckt da immer auch ein bisschen »Und wie willst du dann sichergehen, dass ich dich nicht schwängere?« dahinter.

Für jemanden wie mich, die häufig wechselnde Geschlechtspartner hat, ist ein Kondom ganz klar ein Muss. Und zwar nicht nur, weil ich mich schützen will, sondern weil ich es auch als wichtig empfinde, den Anderen zu schützen. Dennoch gerate ich selbst mit One-Night-Stands häufig in Diskussionen über das passende Verhütungsmittel. Dass ich mich weigere, ein Medikament zu schlucken, das vielleicht vor ungewollten Schwangerschaften, aber eben nicht vor Chlamydien, Gonorrhö, Hepatitis oder HIV schützt, macht mich offenbar zu einer »verantwortungslosen jungen Frau«. Und das ist ein Vorwurf, den ich so nicht auf mir sitzen lassen kann und will. Denn ich halte mich mit meiner sehr bewussten Wahl für Kondome als Verhütungsmittel für verantwortungsvoller als die ganzen Menschen, die – aus welchen Gründen auch immer – lieber darauf verzichten, sich vor ansteckenden Krankheiten, die im schlimmsten Fall zum Tod führen können, zu schützen.

Die Argumente, die man zu hören kriegt, wenn man auf einen Gummi besteht, sind auch immer wieder schön. Da gibt es die einen, bei denen das Kondom grundsätzlich platzt, weil die Standardgrößen aus dem Supermarkt angeblich zu klein sind, obwohl sie easy über eine riesige Salatgurke passen. Oder die Typen, die vorgeben, eine Latexallergie zu haben, was heutzutage jeder Zweite zu sein scheint. Die Liste der Gründe, die mir schon erzählt wurden, damit ich mich in jedem Fall dazu bereit erkläre, auf ein Kondom zu verzichten, ist schier endlos.

»Ich will aber unbedingt in dir kommen! Oder findest du es etwa nicht geil, mich vollständig zu fühlen?«, fragte mich ein Ex einmal, als ich darauf bestand, dass er sich ein Kondom über den Schwanz zieht. Klar ist Sex schöner ohne Gummi, aber Sex mit Kondom ist wiederum viel schöner als eine ungewollte Schwangerschaft und Tripper. Nach langem Hin und Her ließ er sich dann doch dazu überreden, ein Kondom zu benutzen. Nicht aber, ohne hinterher noch einmal deutlich zu machen, wie viel ihm das von seinem Spaß genommen hat.

Verhütung scheint noch immer Frauensache zu sein. Kaum ein Kerl kann alle Verhütungsmittel aufzählen, die existieren. Für die meisten Männer scheint es genau zwei zu geben: Pille und Kondome. Frauen hingegen können dir meist sogar genauestens sagen, wo der Unterschied zwischen Kupfer- und Hormonspirale besteht, wie man ein Diaphragma korrekt einsetzt und für was die Abkürzung »NFP« eigentlich steht, nämlich für die natürliche Verhütung mit der symptothermalen Methode. Bis auf Gummis sind bisher ja auch nur Verhütungsmittel auf dem Markt, die von Frauen angewandt werden müssen. Trotzdem kann man auch als Typ wenigstens ein bisschen informiert sein. Insbesondere in festen Beziehungen sollte sich der Kerl ein paar Gedanken zu dem Thema machen. Es ist auch da nicht selbstverständlich, dass Kondome einfach weggelassen werden, weil die Frau schon irgendeine andere Verhütungsmethode findet, die ihr passt. Fast alles, was es auf dem Markt so gibt, greift auf die eine oder andere Weise in den Körper einer Frau ein. Entweder wird der normale Zyklus verhindert (beispielsweise durch die Pille, das Hormonstäbchen oder die Drei-Monats-Spritze), oder die Frau muss sich einer mehr oder weniger aufwändigen Prozedur unterziehen, um sicherzustellen, nicht schwanger zu werden (Diaphragma, Kupferspirale, NFP). Gemessen an diesem Aufwand, erscheint für mich das Kondom auch in festen, monogamen Beziehungen als das Verhütungsmittel, das am wenigsten Achtsamkeit erfordert. Wer sich an dem kurzen Moment, den es braucht, um das Kondom zu öffnen und überzurollen, stört, sollte auch keinen Sex haben.

Man darf auch einfach nicht vergessen, dass es sich bei dem Großteil der Verhütungsmittel um verschreibungspflichtige Medikamente handelt. Und das alles hat schon seinen Grund, immerhin greift insbesondere die Pille den weiblichen Körper sehr stark an. Nebenwirkungen können zum Beispiel Krebs sein, eine starke Gewichtszunahme bis hin zu Depressionen. Trotzdem werden Menschen, die Antidepressiva zu sich nehmen, von außen häufig verurteilt, diejenigen, die die Anti-Baby-Pille schlucken, jedoch für ihre Verantwortlichkeit gefeiert. Die Pille zu schlucken, scheint für einige Frauen so selbstverständlich zu sein, als würden sie ein Stück Schokolade essen. Demgegenüber steht beziehungsweise stand zumindest eine lange Zeit die Diskussion über die Pille danach, von der man ja befürchtet hat, Frauen würden sie wie Smarties schlucken, wenn man sie von der Rezeptpflicht befreien würde. Aufklärung gleich null. Dafür aber riesige Panikmache vor einem Medikament, das zwar definitiv kein Verhütungsmittel ist und auch nicht als solches gebraucht werden sollte, aber von seinen Auswirkungen auf den weiblichen Körper auch nicht schlimmer als Drei-Monats-Spritze oder Pille.

Ich las aber davon, dass es einen neuen Trend zu geben scheint, der sich »stealthing« nennt. Dabei zieht ein Mann unbemerkt während des Fickens das Kondom von seinem Schwanz, damit er ohne Gummi weitermachen kann. Glücklicherweise ist das mir noch nie passiert, aber ich stelle es mir schrecklich vor. Für mich grenzt das an Vergewaltigung.

Das Drama um die Pille danach

»Fuck!«, rief er, weniger als eine Sekunde, nachdem er seinen Schwanz aus meiner Muschi gezogen hatte. »Das Kondom ist abgerutscht!«

»Was?«, schrie ich auf und griff mir panisch zwischen die Beine. Tatsächlich. Da hing es, noch zur Hälfte in mir drin, aber wenigstens so, dass ich es mit der Hand zu fassen bekam.

Ich hatte Henry auf einer lauten Party nur durch Blickkontakt aufgerissen, gleich auf der Tanzfläche wild mit ihm rumgemacht und ihn dann mit nach Hause genommen. Wir hatten extrem guten Sex, er hat meinen ganzen Körper für sich eingenommen – und jetzt das.

»Denkst du, da ist etwas danebengegangen?«, fragte mein One-Night-Stand, während ich den Gummi in die Höhe hielt.

»Ich weiß es nicht!«, antwortete ich. »Was hast du denn gemacht?«

»Das, was ich immer mache«, gab Henry zurück.

Ich ließ mich auf mein Kissen sinken.

»Das ist nicht schlimm!«, schob er nach. »Mir ist das schon häufiger passiert, bisher ging aber immer alles gut.«

Ich riss die Augen auf und drehte mich in seine Richtung. »Dir ist …«

»Ja«, meinte er kühl, »das passiert bei mir manchmal, weiß auch nicht, ist halt so, ist aber nicht schlimm, ich meine, bisher war da noch nie was.«

Ich konnte nicht glauben, was meine Ohren da gerade vernommen hatten. Ich hatte tatsächlich mit einem Typen gebumst, der offenbar keine Ahnung davon hatte, wie man ein Kondom richtig benutzt. Wäre ich nicht so verflucht betrunken gewesen, ich hätte ihn vermutlich zur Sau gemacht. Stattdessen dankte ich ihm für die Info und bat ihn, zu gehen. Was er auch tat. Allerdings ohne seine Nummer zu hinterlassen oder auch nur seinen Nachnamen. Zum Beispiel für den Fall, dass ich schwanger geworden war. Oder mir eine Geschlechtskrankheit eingefangen hatte, von der er selbst noch nicht wusste, dass er sie hatte. So weit schien Henry allerdings gar nicht zu denken. Ich in dem Moment allerdings auch nicht.

Am nächsten Morgen wachte ich mit einem fiesen Kater auf. Doch neben den üblichen Kopfschmerzen und Magenbeschwerden fühlte ich noch etwas anderes: Panik. Panik vor all dem, was passieren konnte, wenn man Sex ohne Kondom hatte. Vor allem, wenn es mit einem Typen war, den man keine zwei Stunden kannte, bevor man mit ihm in die Kiste steigt. Glücklicherweise hatte ich keinen Filmriss, und dass ich die Sache nicht nur geträumt hatte, wusste ich auch. Ich stand auf, warf mir ein paar Klamotten über und zwei Aspirin ein und marschierte los zum nächsten Frauenarzt. Auch wenn es alleine von meinem Zyklus her sehr unwahrscheinlich war, dass Henry mich geschwängert hatte, musste ich einfach Schlimmeres verhindern. Und das bedeutete, dass ich zum ersten und hoffentlich auch letzten Mal in meinem Leben die »Pille danach« schlucken musste.

Zwar war das hier nicht meine Ärztin, aber ich hatte das Gefühl, keine Zeit zu haben, von Neukölln aus bis nach Friedrichshain zu fahren. Mir wurde mal gesagt, dass bei der Pille danach jede Sekunde zählt und man sie deshalb so früh wie möglich nach dem ungeschützten Geschlechtsverkehr schlucken sollte. Innerlich verfluchte ich mich dafür, dass ich letzte Nacht nicht noch ins Krankenhaus gefahren bin. Inzwischen war es 11 Uhr und der Sex mit Henry somit ganze acht Stunden her. *Du wärst eine richtig beschissene Mutter*, hörte ich meine innere Stimme sagen. *Du kannst ja nicht mal auf dich selbst aufpassen!*

»Halt's Maul«, rief ich. Ein älterer Herr, der mir entgegenkam, sah mich ziemlich komisch an. Ich musste wie eine Irre wirken, wie ich hier durch die Gegend torkelte und mit mir selbst sprach.

Irre – oder zumindest sehr, sehr betrunken.

Die Arztpraxis lag im dritten Stock, und ich rannte die Treppen hoch, so schnell ich nur konnte. Oben angekommen musste ich mich fast übergeben, konnte es aber gerade noch so zurückhalten. An der Tür klebte ein Blatt Papier, auf das die Öffnungszeiten gedruckt waren.

Freitag 8-16 Uhr.

Ich hatte Glück! Ich öffnete die Tür zur Praxis und trat ein. Im Wartezimmer saß nur eine weitere Frau. Es würde also schnell gehen, ich brauchte ja nur ein Rezept.

Ich ging zur Rezeption und zückte meine Versichertenkarte.

»Haben Sie einen Termin?«, fragte die Blondine, die dahinter saß.

»Nein«, antwortete ich.

»Dann können wir Sie heute nicht behandeln«, sagte die Arzthelferin, »aber ich kann Ihnen gerne einen Termin für in sechs Wochen geben.«

»Ich bin ein Notfa-«

»Dann hätten Sie eher kommen sollen, Notfälle nehmen wir nur von 7.30 Uhr bis 8 Uhr an.«

»Ich hätte was?«, entgegnete ich entgeistert.

»Zwischen 7.30 Uhr und 8 Uhr hier sein sollen, wenn Sie ein Notfall sind.«

»Ich, äh«, stammelte ich.

»Soll ich Ihnen einen Termin für in sechs Wochen geben oder nicht?«

Ich verneinte und verließ die Praxis.

Ich war gerade im ersten Stock angekommen, als mich eine riesengroße Wut überkam. Was zur Hölle sollte das denn? Nur auf Termin, okay, aber ich hätte eher wissen müssen, dass ich ein Notfall bin und dass man als solcher nur behandelt wird, wann man sich zu einer bestimmten Zeit in der Praxis vorstellt? Ich hätte aus allen Löchern bluten können, verdammt, und das nicht bereits seit 7 Uhr morgens! Am liebsten wäre ich noch einmal zurückgegangen und hätte der Frau hinter der Rezeption meine Meinung gegeigt. Sie hat ja nicht einmal gefragt, um was für eine Art Notfall es sich handelt. Bestimmt ist sie aufgrund meines unübersehbaren Katers davon ausgegangen, dass ich die Pille danach benötige, und hatte darauf einfach keine Lust. Blöde Kuh.

Zurück auf der Straße musste ich mich neu orientieren. Ich wusste, dass es hier einige Frauenarztpraxen gab, aber wo genau die nun liegen, war mir natürlich nicht bekannt. Ich zückte mein Smartphone und tippte »Frauenarzt Neukölln« bei Google ein. Sofort wurde mir eine ganze Liste mit Namen, Telefonnummern und Adressen angezeigt. Ich klickte die Ärztin an, deren Name am coolsten klang, und ließ mir den Weg zu ihr anzeigen. Zu meinem Glück lag ihre Praxis direkt um die Ecke. Da ich keine Zeit mehr zu verlieren hatte, rannte ich trotz höllischer Kopfschmerzen und dieses fiesen Grummelns in der Magengegend, das man nach einem Kater hat. Als ich ankam und mir meinen Weg zur Rezeption gebahnt hatte, konnte ich nur noch stammeln, weil ich so außer Atem war. Irgendwie kriegte ich es dann aber doch hin, der Arzthelferin zu vermitteln, dass ich ein Notfall war und ganz dringend die Pille danach benötigte.

»Warum sind Sie denn nicht früher gekommen?«, fragte sie mich. »Notfälle behandeln wir von 8 Uhr bis 9 Uhr. Wenn Sie erst jetzt kommen, müssen Sie mit langen Wartezeiten rechnen.«

»Ich bin erst jetzt gekommen, weil ich eben erst gefickt habe und das Kondom eben erst gerissen ist, okay? Soll ja Menschen geben, die auch tagsüber Sex haben und nicht nur nachts!«, zickte ich sie an.

Sie sah mich einen Moment erschrocken an, reichte mir dann einen Bogen Papier und einen Stift und schickte mich mit der Bitte, die Fragen auf dem Blatt Papier wahrheitsgemäß zu beantworten, ins Wartezimmer. Sie tat mir leid, weil sie den Ausbruch, der eigentlich nicht ihr galt, abfangen hatte müssen. Aber irgendwo musste mein Frust über die Situation eben hin! Es kann doch nicht sein, dass man selbst für einen Notfall so eine Art Termin braucht, weil man sonst mit langen Wartezeiten rechnen muss. Oder gar damit, dass man unbehandelt nach Hause geschickt wird.

Ich füllte den Fragenbogen, den ich bekommen hatte, aus, so gut ich konnte. Hauptsächlich wurde nach meiner medizinischen Geschichte gefragt, und viele der Details, die dort angegeben waren, kannte ich überhaupt nicht, weil sie nicht mich, sondern meine Mutter und Großmutter betrafen. Keine Ahnung, ob die jemals ein gynäkologisches Problem hatten. Selbst wenn es so gewesen wäre, bezweifle ich, dass sie mit mir darüber gesprochen hätten. Bei der Frage nach dem Grund meines Besuchs gab ich an, dass meinem Freund und mir ein Kondom gerissen sei und ich jetzt die Pille danach bräuchte. Das klang irgendwie besser als »Mein One-Night-Stand wusste nicht, wie man Gummis richtig benutzt, und naja, long story short, sein drogenverseuchter Saft ist jetzt in mir!« Ich brachte das ausgefüllte Formular zurück zur Rezeption, versuchte die Praxishelferin anzulächeln, die aber nicht vergessen hatte, dass ich sie angezischt hatte, und mich nun ignorierte. Ich nahm wieder im Wartezimmer Platz. Dann wartete ich. Und wartete. Und wartete.

Ich sah an diesem Tag eine Menge Frauen kommen und gehen, fast alle von ihnen waren schwanger. Einige kamen in Begleitung ihrer Partner, andere allein. Sie wirkten durchweg seelenruhig, während ich innerlich immer nervöser wurde. Wenn ich nicht bald dieses Rezept bekommen würde, würde ich bei meinem nächsten Besuch beim Frauenarzt auch mit einem kugelrunden Bauch dasitzen. Ich fing gerade damit an, mich mit dem Gedanken zu befassen, bald alleinerziehende Mutter zu sein, die ihrem Kind nicht mal den vollen Namen seines Vaters nennen konnte, als ich endlich aufgerufen wurde. Es folgte das Standardprozedere, das von einer weiteren Arzthelferin durchgeführt wurde. Blutdruck messen, wiegen, und noch einmal all die Fragen beantworten, die ich bereits auf dem mir ausgehändigten Fragebogen beantwortet hatte. »Sie sind also wegen der Pille danach hier?«, fragte sie schließlich, und ich bejahte. »Dann brauchen wir zuerst einen Schwangerschaftstest von Ihnen«, sagte sie und drückte mir ein transparentes Becherchen in die Hand. »Auf dem Flur, die zweite Tür links. Dann bitte noch einmal vor dem Sprechzimmer Platz nehmen!«

»Ich, äh, der Unfall war erst heute früh«, stammelte ich und kam mir langsam ziemlich dämlich vor.

»Wir müssen wissen, dass Sie nicht bereits vorher schwanger waren«, antwortete die Arzthelferin. »Die Ärztin kann sonst nichts verschreiben, weil es dem Fötus schaden könnte.«

»Aha«, ging es mir durch den Kopf. Zufällig wusste ich, dass ich gar nicht schwanger sein konnte, weil ich das letzte halbe Jahr vor Henry nur Sex mit Mädchen gehabt hatte, aber diesen Kommentar verkniff ich mir. Mein Urin sah genauso trüb aus, wie ich mich fühlte, und ich war mir sicher, dass nur ein Blick darauf ausreichen würde, um festzustellen, was ich die Nacht zuvor alles gesoffen und geschmissen hatte. Ich selbst bekam es nicht mal mehr zusammen, aber Pisse vergisst nie!

Ich schraubte den Becher zu, wusch mir die Hände und nahm zusammen mit meinem Techno-Urin auf einem der mir zugewiesenen Stühle vor den Behandlungsräumen Platz. Nach einer weiteren gefühlten Ewigkeit wurde ich endlich wieder aufgerufen. Nicht aber von der Ärztin, sondern wieder von der Helferin. Noch einmal betrat ich ihr Zimmer und reichte ihr mein Becherchen mit Pisse. Auf ihrem Gesicht war kurz Ekel zu sehen, als sie es öffnete und einen weißen Streifen hineinhielt, der nach einem Augenblick die Farbe wechselte. »Nicht schwanger«, sagte sie und machte eine Notiz auf meinem Fragebogen. »Dann nehmen Sie doch noch mal bitte Platz.« Auf meinem Weg zurück zu den Stühlen vor den Behandlungsräumen verdrehte ich die Augen. Ich war vielleicht noch nicht schwanger, aber ich würde es bald sein, wenn das hier nicht bald ein wenig vorangehen würde!

Zehn Minuten später reichte ich dann endlich der Ärztin die Hand und stellte mich darauf ein, alles, was ich eben bereits niedergeschrieben und der Arzthelferin beantwortet hatte, noch einmal zu wiederholen. Stattdessen aber fragte mich die Ärztin lediglich, ob ich die Pille danach bräuchte, und stellte mir, nachdem ich das bejaht hatte, ein Rezept aus. Sie fragte, ob ich den Schwangerschaftstest direkt in bar bezahlen wolle oder ob man mir eine Rechnung schreiben solle. Bis zu diesem Zeitpunkt hatte ich überhaupt nicht gewusst, dass dieser blöde Test nicht in der »Untersuchung« inklusive war. Da ich keine zwölf Euro mehr in der Tasche hatte – so teuer ist nämlich ein völlig unnötiger Schwangerschaftstest beim Frauenarzt – und Kartenzahlung hier nicht möglich war, entschied ich mich für die Rechnung. Nachdem das geklärt war, durfte ich schon wieder gehen. Nach nicht einmal zwei Minuten im Behandlungsraum. Auf dem Weg nach draußen fragte ich mich, warum man mich mehrere Stunden hatte warten lassen, wenn das die ganze Sache war, die man tun musste, um an ein Rezept für die Pille danach zu kommen. Einmal in den Becher pinkeln und dem Arzt oder der Ärztin die Hand reichen. Wenn ich jetzt trotz der Tablette schwanger werden würde, weil inzwischen so viel Zeit vergangen war, wäre das alleine ihre Schuld.

Der Akt war aber noch nicht ganz zu Ende. Ich musste noch zu einer Apotheke, das Rezept einlösen. Zum Glück befand sich eine direkt neben der Praxis. Ich legte den Schein freundlich grüßend auf den Verkaufstresen und merkte genau, wie die Apothekerin mich von oben bis unten musterte, als sie sah, was ich haben wollte. In dem Moment war ich nervlich bereits so am Ende, dass ich am liebsten losgeheult hätte, doch ich riss mich zusammen. Auch dann noch, als die Verkäuferin mir sagte, dass mich das Medikament schlappe 40 Euro kosten würde. Alles dafür, dass ein Typ nicht wusste, wie ein Kondom richtig benutzt wird. Ich bezahlte mit meiner EC-Karte, nahm die Packung in die Hand und stiefelte nach draußen. Dort riss ich das Medikament sofort auf, steckte mir die kleine ovale Pille in den Mund und schluckte sie. Ich hatte nicht einmal Wasser dabei, aber das war gerade vollkommen egal. Ich wollte einfach nur endlich dieses dämliche Ding in mir haben, das verhindern konnte, dass in mir ein Baby-Henry wuchs. Ich spürte, wie die Tablette langsam meine Speiseröhre in Richtung Magen wanderte. Als sie unten angekommen war, begann ich zu heulen. Dieser gesamte Tag war einfach furchtbar gewesen, vom frühen Morgen bis hin zum späten Nachmittag. Und das Schlimmste war nicht einmal das gerissene Kondom, sondern wie man mit mir umgegangen war. Ein zweites Mal würde ich das nicht mitmachen, das schwor ich mir. Eher würde ich nie wieder Sex mit einem Mann haben, als mich noch einmal durch dieses erniedrigende Prozedere zu quälen.

Zu Hause angekommen heulte ich noch etwas weiter und fiel dann in einen tiefen Schlaf. Der dauerte fast zwei ganze Tage. Vermutlich lag es an der Mischung aus Kater und Hormonbombe, dass ich so endlos fertig war. Doch mit der Nebenwirkung konnte ich schon leben.

Fast zwei Jahre später traf ich Henry im gleichen Club, in dem ich ihn damals kennengelernt hatte, wieder. Ich konnte mir nicht verkneifen, zu ihm »Deinem Sohn geht's übrigens sehr gut!« zu sagen. Leider hat er mich aufgrund der lauten Musik wohl nicht richtig verstanden, denn er nickte nur lächelnd und stieß mit mir an. Als ich meinen Weg Richtung

Tanzfläche fortsetzte, schickte ich ein kurzes Stoßgebet gen Himmel, dass er den richtigen Umgang mit Kondomen inzwischen gelernt haben möge.

Menschen mit Behinderung haben geilen Sex

Es ist mir ein absolutes Rätsel, warum Sex mit Menschen mit Behinderung ein Tabu ist. Alles, was einen Herzschlag hat, will Sex. Außer man ist asexuell oder temporär so krank, dass einem alleine der Gedanke an Geschlechtsverkehr schon zu viel ist.

Meine Freundin Katja zum Beispiel sitzt seit nun fast zehn Jahren aufgrund einer angeborenen Erkrankung im Rollstuhl. Statt sie als den Menschen zu sehen, der sie ist – nämlich die offene, fröhliche Katja, die ziemlich gut im Diskutieren ist und jeden noch so gut trainierten Kerl unter den Tisch trinken kann – wird sie auf ihren Rollstuhl reduziert. Okay, das Ding gehört irgendwie zu ihr, schließlich ersetzt es ihre Beine. Aber zu fragen, wie das denn beim Sex so aussieht, geht eindeutig etwa 500 Schritte zu weit. Nicht, weil sie im Rollstuhl sitzt, sondern einfach weil ihr Sexleben niemanden außer sie selbst und maximal noch ihren Partner etwas angeht. Wenn Katja über Sex reden will, dann tut sie das von sich aus. Sie hat nämlich tatsächlich welchen. Wie halt fast jedes Mädchen mit Mitte zwanzig.

Im Internet existiert ein riesiger Raum, der Menschen mit Behinderung als »Fetisch« betrachtet. Warum auch nicht? Es ist ja ganz prinzipiell erst mal nicht verwerflich, Menschen ohne Arme, Beine oder mit acht Fingern an jeder Hand sexy zu finden. Es ist in meinen Augen zumindest nicht anders, als Blondinen oder Männer mit 25-Zentimeter-Pimmel extrem attraktiv zu finden. Vor allen Dingen haben aber nicht nur die Menschen, die sich an körperlichen Behinderungen aufgeilen, ein Anrecht darauf, sich solche Filmchen anschauen zu können, ohne von der Gesellschaft verurteilt zu werden. Es haben vor allem auch die Menschen mit Behinderung ein Recht darauf, mit Sexarbeit ihren Lebensunterhalt zu verdienen, wenn sie das wollen. So, wie sie ein verdammtes Recht auf jeden Job haben sollten, den sie machen wollen.

Ich glaube, vielen »gesunden« Menschen ist gar nicht bewusst, wie sie mit Menschen mit Behinderungen umgehen. Für die meisten scheinen sie eine Art Randgruppe zu sein, die man zwar irgendwo duldet, aber auch nicht um sich haben will. Oder die man einfach nicht ernst nimmt und denen man, statt mit ihnen zu reden, einfach aus dem Weg geht, weil die eigene Unsicherheit so groß ist, dass man ständig Angst davor hat, etwas falsch zu machen. Dabei ist es genau diese Angst, die falsch ist. Und ich kann das sagen, weil ich sie kenne, mittlerweile aber überwunden habe. Weil ich gelernt habe, nicht über Behinderungen hinwegzusehen, sondern sie anzunehmen, ohne bevormundend oder mitleidig zu sein. Wie? Na ja, eben durch Gespräche mit Menschen mit Behinderungen. Und eben durch Sex.

Ich hab mal mit Lucas, einem Typen, gebumst, der keine Beine hatte. Natürlich hab ich mir, als es so weit war, tierisch viele Gedanken darüber gemacht, wie das eigentlich werden soll. Man hat so einige Fragen im Kopf, wie bei eigentlich jedem ersten Mal mit einer neuen Person. Nur sind sie hier eben etwas anders gelagert. Statt sich zu fragen, wie groß wohl der Schwanz des Typen, mit dem man gleich ins Bett gehen wird, ist, oder ob das Mädchen, das im Begriff ist, sich vor einem auszuziehen, eine rasierte Muschi hat oder nicht, gehen die Gedanken eher in Richtung *Welche Stellungen sind eigentlich möglich?* und *Kann ich ihm auch echt nicht wehtun?* Im Nachhinein betrachtet sind das alles eher schwachsinnige und irgendwo auch unnötige Fragen, die im Vorfeld gar nicht gestellt werden müssen. Weder an sich selbst noch ans Gegenüber.

Das ist mir beim Sex mit Lucas auf jeden Fall noch mal so richtig deutlich klargeworden. Es war mit ihm nicht viel anders als mit den Typen, die zwei Beine haben. Ich hab ihn einfach die Führung übernehmen lassen – natürlich hauptsächlich aufgrund meiner Unsicherheit ihm gegenüber – und wir haben uns gegenseitig gesagt, was wir mögen und was nicht. So sollte es eigentlich immer sein. Egal, ob man jetzt jemanden mit Behinderung vögelt oder einen Menschen ohne. Es war einfach das, was es war: Sex zwischen zwei Menschen, die sich attraktiv fanden.

Ich hatte zu keinem Zeitpunkt das Gefühl, mit jemandem zu schlafen, der keine Beine hat. Lucas war sehr einfühlsam, wohl weil er meine Unsicherheit spürte, und hat mich erst einmal mit der Zunge zum Orgasmus gebracht, bevor es überhaupt so richtig zur Sache ging. Nachdem ich gekommen war, ließ er mir eine kurze Verschnaufpause und sagte mir dann, dass es für ihn am schönsten wäre, wenn ich ihn reiten würde. Also setzte ich mich auf ihn, ließ seinen Schwanz in meine feuchte Muschi gleiten und meine Hüften kreisen, bis wir beide zum Orgasmus kamen. Danach blieben wir noch eine Weile liegen und kuschelten. Lucas fragte mich, wie es für mich gewesen war. Und um ehrlich zu sein, hatte ich während des Ficks total vergessen, dass er körperlich behindert war. Als ich das aussprach, lachte Lucas nur und meinte, dass wir Menschen ohne Behinderung uns viel zu viele Gedanken über Leute wie ihn machen würden. Womit er nicht ganz Unrecht hat. Mir jedenfalls hat diese Erfahrung mit ihm meine eigene Scheu genommen.

Ich habe meine Depression mit Ketamin behandelt

Wenn du in Berlin bist, wirst du irgendwann depressiv. Davon bin ich fest überzeugt. Ich kenne zumindest niemanden, der nicht vorübergehend von einer depressiven Phase betroffen war. Und ich meine damit nicht einen Zeitraum, in dem man einfach nur deprimiert darüber ist, dass das Leben nicht so läuft, wie man sich das vorgestellt hat. Ich meine *richtig* depressiv. So mit wochenlang nicht aus dem Bett kommen und Serotoninmangel im Hirn.

Auch bei mir war das irgendwann der Fall, und, klar, man könnte das jetzt auf meinen Drogenkonsum oder meinen generell eher ungesunden Lifestyle schieben. Aber es ist eigentlich nicht relevant, woher meine Depression kam. Fakt ist: Ich war psychisch an einem Tiefpunkt angekommen, der selbst für mich nicht mehr zu bewältigen war. Die Universität hatte ich seit Wochen nicht mehr von innen gesehen, meine Freunde waren langsam zu Fremden geworden und selbst auf Partys hatte ich keine Lust mehr. Ich lag lieber in meiner verdreckten Bude rum und dachte über das Sterben nach und darüber, wie unangenehm das wäre, wenn mich irgendjemand finden würde, hier zwischen leeren Pizzakartons und benutzten Kondomen. Meistens war mir aber selbst das egal. Wenn ich die Augen zumachte, dann war da gar kein Müll mehr, sondern nur noch ein großes schwarzes Loch, das mich verschluckte.

Es war ausgerechnet ein Freund aus meiner Drogenclique, der mich davor bewahrte, für immer in diesem Loch zu verschwinden und an der Depression zugrunde zu gehen. Sushi, so heißt er, stand eines Nachmittags einfach vor meiner Tür, und nachdem ich nach dem gefühlt hundertsten Klingeln endlich aufgestanden war und ihm geöffnet hatte, grinste er mich an und sagte: »Nadine, ich hab die Lösung für all deine Probleme.«

»Du hast mir eine Waffe mitgebracht, mit der du mich erschießen wirst?«, fragte ich und wunderte mich darüber, dass ich schon wieder zu Sarkasmus fähig war, wo es mir gerade schwer genug fiel, zum Pinkeln überhaupt aufs Klo zu gehen.

»Besser!«, entgegnete er und schob sich an mir vorbei in den Flur.

In meinem Zimmer angekommen, warf er sich auf das nicht gerade gemütlich aussehende Bett, zog ein Tütchen mit weißem Pulver aus seiner Hosentasche hervor und wedelte mir damit vor der Nase herum. »Koks hilft mir nicht«, meinte ich, »das hab ich schon probiert, genau wie Speed, MDMA und diese mit Marihuana gefüllten Muffins. Wie heißen die noch mal?«

»Space Cakes«, antwortete Sushi.

»Ja, genau.«

»Deshalb hab ich dir ja auch das hier mitgebracht«, sagte mein Kumpel, und wedelte noch einmal mit dem Tütchen. »Das, meine Liebe, ist Ketamin und die Lösung all deiner Probleme.«

In meinem Kopf begann es zu rattern. Warum genau hat er mir etwas mitgebracht, mit dem man Pferde betäubt? Wollte er mich etwa tatsächlich umbringen? Noch bevor ich ihn genau das fragen konnte, setzte Sushi zu seiner Erklärung an: »Ketamin ist nicht nur der neue heiße Scheiß in Clubs, es macht auch deine Depressionen weg. Du bist doch depressiv, oder?«

»Glaub schon«, antwortete ich, »aber versetzt einen das nicht einfach ins Koma?«

Sushi lachte. »Ketamin ist ein Medikament aus der Notfallmedizin. Schmerzmittel. Bekommst du zum Beispiel dann gespritzt, wenn du bei einem Autounfall verletzt wurdest und noch an Ort und Stelle behandelt werden musst. Eine zu hohe Dosierung knockt dich tatsächlich aus, aber die richtige Menge schaltet einfach nur dein Schmerzempfinden aus, lässt dich eine Weile auf einer watteweichen Wolke in Regenbogenfarben schweben und bekämpft ganz nebenbei noch deine Depression.«

»Aha«, erwiderte ich. Allein, dass ich vor lauter Begeisterung keinen Luftsprung machte, zeigte, wie schlecht es mir wirklich ging und wie die Depression mich in mir selbst gefangen hielt.

»Was soll's, noch schlimmer als jetzt kann es für mich ja nicht mehr werden«, sagte ich schulterzuckend und setzte mich zu Sushi aufs Bett. Der hatte inzwischen etwas von dem Pulver auf das Display seines Handys gestreut, wo er es mit einer Kreditkarte zerkleinerte und zu zwei dünnen Lines schob.

»Fuck«, rief er plötzlich, »ich hab gar keine Scheine mehr. Du?«

»Nee«, antwortete ich, »aber Strohhalme.« Ich begab mich in die Küche und zog ein paar bunte Halme aus dem Regal. Wenigstens war es hier ordentlich, dank meiner beiden Mitbewohner. Ich schnappte mir eine Schere aus einer Schublade und schnitt einen der Strohhalme, nämlich den, der durch seine grellpinke Farbe am meisten hervorstach, in drei mehr oder weniger gleichgroße Teile. Ich ließ die Reste auf dem Küchentisch liegen und ging zurück in mein Zimmer. Dort reichte ich Sushi ein Stück Strohhalm. Ein weiteres behielt ich für mich.

»Willst du zuerst?«, fragte Sushi, doch ich ließ ihm den Vortritt. Nachdem er eine der beiden Lines tief durch seine Nase eingeatmet hatte, reichte er sein Smartphone an mich weiter. Ich hielt mir das rechte Nasenloch zu und zog den Rest des Pulvers durch das linke ein.

»Und wie lang dauert das jetzt?«, wollte ich wissen.

»Nicht lang«, antwortete er, »fünf Minuten, und wenn nach zehn nichts kommt, dann legst du einfach nach.«

Ich lehnte mich zurück, schloss die Augen und wartete. Darauf, dass eine kleine Wolke angeflogen kam und mich aus meinem tiefen, schwarzen Loch rettete. Und tatsächlich, ein paar Augenblicke später spürte ich etwas. Der diffuse Schmerz, den ich seit Wochen in meiner Brust zu spüren glaubte, verschwand plötzlich. Eigentlich verschwand einfach alles. Es war, als würde sich mein Körper einfach auflösen, aber nicht so, dass es irgendwie wehtat, sondern auf angenehme Art.

Das Gefühl, das man hat, wenn man auf Ketamin ist, lässt sich kaum beschreiben. Der Körper ist noch da, aber er fühlt sich an, als wäre er aus Gummi, was mir allerdings erst bewusst wurde, als ich versuchte aufzustehen. Sämtliche körperlichen Bedürfnisse werden ausgeschaltet, da ist nur noch dein Hirn, das dich dorthin trägt, wo du gerade hinwillst. Es gibt auch keinen Redebedarf mehr, mal abgesehen davon, dass auf Keta jeder Satz so klingt, als würde ein Betrunkener unverständliche Worte lallen. Zum ersten Mal seit Wochen war ich wirklich vollkommen entspannt. Vielleicht auch gar nicht mehr richtig da. Jedenfalls ging es mir gut. Das Gefühl, das mich so lange Richtung Boden gedrückt hatte, war weg.

Nach etwa einer Stunde war der Spaß vorbei. Sushi ließ mir das Tütchen mit dem Pulver da, mit der Anweisung, nicht häufiger als zweimal in der Woche eine kleine Portion davon zu nehmen, und verschwand so schnell, wie er gekommen war. Er wollte noch feiern, sagte er. Und das ginge besonders gut, wenn man nach einem Keta-Trip noch etwas MDMA hinterherschmiss. Nur Alkohol war absolut tabu; es könnte sonst zum Atemstillstand kommen, und das war nicht der Sinn der Sache.

Tatsächlich bemerkte ich schon am nächsten Morgen eine leichte Besserung meiner Beschwerden. Ich konnte aufstehen, ein bisschen von dem Müll, der sich in meinem Zimmer angestaut hatte, beseitigen und mir sogar ein richtiges Frühstück machen. Ich weiß nicht, wann ich das letzte Mal etwas gegessen hatte, das nicht aus einem Pappkarton kam, aber an diesem Morgen tat ich es und gönnte mir eine große Portion French Toast mit Ahornsirup.

Für knappe acht Wochen nahm ich das Ketamin zweimal wöchentlich in kleinen Dosen zu mir. Zu wenig, um echte Trips zu erreichen, aber genug, um die Welt und alles, was um mich herum geschah, mal für eine gute Stunde ausblenden zu können. Und jeder Tag war besser als der Tag zuvor. Nach zehn Wochen fühlte ich mich wesentlich besser. Die Uni besuchte ich zwar trotzdem eher selten, aber ich konnte wieder mit Freunden ausgehen, und das ist ja irgendwie auch das, wozu Berlin da ist. Es wurde jedenfalls nicht dafür gemacht, depressiv im Bett herumzuliegen, obwohl durch diese Phase früher oder später wirklich jeder einmal hindurch muss.

Seitdem habe ich »Vitamin K«, wie es auch heißt, kein einziges Mal mehr angerührt. Ich mag dann doch lieber die Partydrogen, und komplett auf Alkohol zu verzichten, nur um ab und an mal einen Ketamin-Ausflug machen zu können, kommt für mich eben auch nicht in Frage.

Ein Spaziergang durch Berlin

Es ist eine lauwarme Sommernacht. Ich laufe durch Berlin-Mitte, die leichte Jacke, die ich mitgenommen habe, falls es mir in meinem Tank Top doch zu kühl wird, lässig über die Schulter geschmissen. Ich bin jetzt seit sechs Jahren in der Hauptstadt. Um mich herum sind lauter Menschen, sie surren, summen fast wie ein Bienenschwarm auf dem Weg zur Arbeit, nur dass es für die meisten hier wohl auf eine Party geht. Einige von ihnen sind betrunken oder auf Drogen, grölen laut. Daran erkennt man immer, wer die Touristen sind: die, die betrunken laute Lieder singen. Die Berliner sind trotz ihrer berühmten Schnauze meistens ziemlich ruhig. Vermutlich weil sie wissen, dass es keinen Grund gibt, aufgeregt zu sein. Der Charme dieser Stadt, die Aufregung, die sie mit sich bringt, verfliegen irgendwann. Nicht ganz, dafür verändert sich hier Tag für Tag zu viel, aber dennoch wird es anders, wenn man länger hier ist.

An einer großen Kreuzung biege ich in eine Seitenstraße ein. Hier ist es schon wesentlich ruhiger. Ich nehme einen Schluck von meiner lauwarmen Club Mate, drehe mir eine Zigarette und zünde sie an. Ausnahmsweise bin ich heute nicht betrunken. Nicht einmal angetrunken oder auf Drogen, sondern stocknüchtern. Es ist ein seltsamer Tag. Vor knapp zwei Wochen habe ich es dann doch irgendwie geschafft, mein Studium abzuschließen, und manchmal frag ich mich, wie ich das neben all den Partys, Drogen und Fickereien überhaupt hinbekommen habe. Ich war nicht die beste Studentin, aber auch nicht die schlechteste. Das liegt vermutlich daran, dass ich zwar so gut wie nie in der Uni war, die Prüfungen am Semesterende mithilfe meines Kumpels Ritalin aber genauso gut absolvieren konnte wie jemand, der monatelang dafür gepaukt hatte. Für mich beginnt nun ein vollkommen neues Kapitel, doch ich hab keine Ahnung, wie es anfangen soll. Ich fühle mich fast wie damals, als ich zum ersten Mal in diese Stadt kam, aber irgendwie auch ganz anders, erwachsener, reifer, fast wie ein Mensch mit Erfahrung, aber irgendwie auch doch noch der rebellische Teenager von früher. Ich bin wieder einmal an einem Punkt angekommen, wo ich eine Entscheidung über meine Zukunft treffen soll. Dabei lebe ich so gerne im Hier und Jetzt, einfach in den Tag hinein, durch die Stadt hindurch, wie sie gerade kommt. Was macht man in Berlin, wenn man nicht mehr studiert? Vermutlich ein Start-up gründen oder irgendwas mit Medien. Auf so einen Klischee-Mist hab ich eigentlich null Bock. Ich würde gerne einmal etwas völlig Neues machen, etwas, das niemand von mir erwarten würde. Aber irgendwie will ich auch nicht weg aus Berlin. Und ehrlich, hier gibt es nichts, das nicht schon irgendjemand vor mir gemacht hätte. Gleichzeitig bin ich aber auch faul und würde mein Leben einfach so weiterleben wie bisher. Partys, Drogen, Sex und ein bis zwei Nebenjobs, die mir die Miete sichern. Dass das aber nicht der »real deal« ist, ist mir vollkommen klar.

Irgendwie wäre alles leichter, wenn ich nicht gerade frisch verliebt wäre, denke ich. Vor knapp drei Monaten lernte ich ein

Mädchen kennen, Maika. Sie ist transsexuell, hat erst vor kurzem eine Hormontherapie begonnen und dementsprechend auch noch ein Ding zwischen den Beinen. Ob sie es überhaupt weghaben will, weiß sie noch nicht. Mich stört das nicht. Im Gegenteil, ich finde es sogar toll, ein Mädchen zu daten, das neben zwei sich frisch bildenden Brüsten auch noch einen Penis hat.

Der Sex mit ihr ist aufregend, weil er so anders ist. Maika benutzt ihren Schwanz noch und fickt mich damit, lässt sich von mir aber auch mit einem Strap-on penetrieren. Sie ist eine ziemlich aufgekratzte Person, aber dafür, dass sie zwei Jahre jünger ist als ich, sehr gefestigt in ihren Zielen. Maika will seit der Mittelstufe Psychotherapeutin werden – und hier bin ich und weiß nicht mal, was ich zum Frühstück essen mag. Dass ich jetzt über den weiteren Verlauf meines Lebens entscheiden soll, erscheint mir irgendwie absurd. Was ich aber weiß, ist, dass ich unbedingt mit Maika zusammenbleiben will. Seit ich sie kenne, hatte ich keine anderen Partner oder Partnerinnen mehr, und es gelüstet mich auch nicht danach. Klar kann das irgendwann wiederkommen, aber gerade will ich niemand anderen als sie.

Inzwischen bin ich beim Alexanderplatz angekommen. Bei Nacht sieht er ganz anders aus als am Tag, so vollkommen menschenleer, fast ein wenig unheimlich. Tagsüber meide ich diesen Ort, weil es ein typischer Touristenplatz ist, und dass er schön ist, kann man auch nicht von ihm sagen. Ich war auch noch nie auf dem Fernsehturm, es hat mich einfach nie gereizt; doch ich muss sagen, so bei Nacht stelle ich es mir doch ganz spannend vor, dort oben zu stehen und in den Himmel zu schauen. Es ist verrückt, wie anders die Uhren in Berlin ticken, denke ich. Die Straßen, die am Tag so voll sind, dass man sich kaum bewegen kann, ohne jemanden anzurempeln, sind in der Nacht kaum besucht, und die, die am Tag kaum jemand betritt, werden nachts plötzlich zum Ort des Geschehens. Ich nehme am Rand des Brunnens inmitten des Alex, wie wir ihn liebevoll nennen, Platz und zünde mir noch eine Zigarette an, die ich still rauche, während ich den vorbeirauschenden S-Bahnen lausche.

Als ich fertig bin, trete ich die Zigarette aus und mache mich auf den Weg zur U-Bahn. Am Wochenende fährt sie auch nachts. Das ist gut, denn ich hasse Busfahrten, auch wenn ich im Nachtbus schon die eine oder andere witzige Geschichte erlebt habe. Ich werde heute nach Hause gehen, Musik anschalten, mich ins Bett legen und einfach nichts tun. Nichts tun, außer den Moment zu genießen. Warum ich diesen Spaziergang überhaupt gemacht habe, weiß ich gerade gar nicht mehr. Vermutlich hatte ich auf so eine Art Eingebung gehofft, ein verstecktes Zeichen, das mir verraten würde, wie es weitergehen würde, oder mich zumindest in eine Richtung lenken würde. Keine Ahnung, ich will jetzt auch nicht weiter drüber nachdenken. Es ist okay, dass ich nicht weiß, was meine Zukunft für mich bringt, und dass ich die Entscheidung gerade auch nicht treffen will, denke ich. Im Augenblick möchte ich einfach nur genießen, was ich habe. Ein abgeschlossenes Studium. Eine wunderschöne, intelligente Freundin, mit der ich glücklich bin. Und noch jede

Menge Zeit, meinem Leben eine neue Richtung zu geben, mich für oder gegen diese Stadt zu entscheiden, für oder gegen einen bestimmten Job, eine neue Wohnung. Berlin ist schon etwas ganz Besonderes. Und in den letzten Jahren tatsächlich so etwas wie meine Heimat geworden. Der Ort, an dem ich mich zum ersten Mal in meinem Leben wie ich selbst fühlen und an mir wachsen konnte.